I0547377

O Livro de Kirke

BLACK-OUT BRANCO . ILLUMINATI . ESPANHA . POTOSÍ
Dimensão y/Y + Dimensão y/B

———

José Roberto E Leite

1ª Edição

2018
São Paulo

———

JOSÉ ROBERTO ESCUDEIRO LEITE *editor*
★ ★ ★

Copyright © 2017 por José Roberto E Leite
JOSÉ ROBERTO ESCUDEIRO LEITE editor

Todos os direitos reservados. Nenhuma parte deste livro pode ser utilizada ou reproduzida sob quaisquer meios existentes sem a autorização por escrito do editor.

Pesquisa na internet, alpinismo:
Wikipédia
Ambiente Brasil
Escola Britânica
Super Abril
Amantes do Esporte
UniNove Esportes Radicais

Mapas de Manhattan:
Google
Nova York/Manhattan
Mundo City
Todos os Mapas
Viagem para Nova York
Fashion Spill.com
Wikipédia
Política e Economia Europeia . G1 . Globo News

Transcrição dos vídeos: o editor
Mooji, "Ver do Vazio" e Eckhart Tolle, "Falando do seu Despertar"

Foto do autor: Jo Arabian

ISBN – 978-85-917124-2-7
International Standard Book Number

CÂMARA BRASILEIRA DO LIVRO SP BRASIL

"Esse"

Esse instante da realidade.

O que é real... O que conta...

Nada mais conta!

Nem para frente nem para trás...

Mas somente esse instante...

Imóvel e transformado a cada instante...

Esse!

Deus.

Sinopse...

Kirke Amorim acorda no dia 1º de Janeiro de 2014, no Plaza, em Nova York, e não se recorda de coisa alguma de seu passado... A crônica de sua vida, toda sua memória psicológica havia sido desvanecida... No tempo sem-tempo... No Vazio pleno de potencial; apenas seus conceitos e seu sistema intelectual de argumentação permaneceram intactos.

Seguindo apenas sua intuição – de acreditar ou não no que lhe é dito – encontra e conhece pessoas cujo passado de outras vidas se entrelaça ao seu.

Levado a acreditar na Força invisível e no mais improvável, Kirke é levado a Potosí, na Bolívia, e lá descobre com os novos amigos e de vidas anteriores que a solução acertada seria a de enfrentar e olhar de frente para esse passado e se deixar finalmente ser curado pela consciência dele.

Antes, vai a Paris a negócios. Depois segue para a Índia, onde encontra o Mestre. Têm uma experiência no Himalaia ao lado do amigo Holandês, conhecido na viagem para a Índia. Retorna e passa uns tampos no Sri Lanka. Decide voltar à Nova York e nem chega a deixar o aeroporto JFK, no qual conhece Isabel, uma administrativa de chancelaria, que o convence a ir a Potosí usando de meios pouco usuais. Após o café, Isabel se despede e deixa o aeroporto se desfazendo na multidão. Kirke então decide.

Prefácio...

Kirke Amorim é um excêntrico! Excêntrico e um ótimo homem de negócios. O investidor Sr. Sem-medo. No Brasil, tem sua Corretora de Valores instalada na Avenida Paulista, no 25º andar de um envidraçado verde-pra-valer! Sempre tomando as decisões mais difíceis, sempre centralizando tudo em suas entranhas. Daria um excelente presidente sangue frio do FMI – Fundo Monetário Internacional. Talvez nem tanto, talvez tão próximo, apenas.

Alpinista experimentado, tanto nos Alpes como em sua escalada em Wall Street, fazia de seu hobby na Cordilheira Centro Européia um mestrado para escalar em Wall Street. Aquilo sim era arriscado e somente para cadáveres de sangue frio. Bota frio nisso.

O mundo dos negócios e dos riscos era tudo para Kirke, seus melhores orgasmos. Suas melhores pontuações. Suas melhores interpretações. Era um Shakespeare autêntico nas suas manobras. Um Maquiavel nas suas sobremesas. Ainda não havia perdido nenhuma aposta na sua intuição, mesmo que às vezes sentisse que podia se jogar pela janela e delegar "aos mortos vivos" seus dons.

Esse era Kirke Amorim, paulista, brasileiro, extenuado, porém cooptado com as discrepâncias do Mercado de Ações. Ninguém "bonzinho de fato" escolheria tal distração como profissão. Mestre em desnatação, isto é, tirar a gordura das ações de seus clientes e depositá-las na Suíça, livre dos invejosos.

Seus ricos clientes o adoravam e faziam reverência ao encontrá-lo, sempre. Era uma brincadeira; no entanto, sério. Nada mais mármore do que o sorriso de um rico com sua aposentadoria esquentando lá fora... Na Suíça.

Capítulo Zero: PRÓLOGO

Potosí, Bolívia 1993.

O velho potosino, boliviano de nascença e Inca de herança, (pai-avo de Lírio e Júlio), assiste no interior da abertura da rocha marrom, em algum lugar no altiplano, a imagens holográficas do ano de 1600, século XVII.

Impávido, as imagens pareciam não afetá-lo; contudo, seu olhar vivido de uma vida inteira, permanecia mergulhado naquele horror.

MINAS DE CERRO RICO

O povo Inca, feito de escravo durante os séculos de escavações nas minas de Cerro Rico, despencava de alturas enormes, às vezes levando junto seus companheiros, atados a cordas pela cintura.

Ao mesmo tempo em que uns comiam, outros defecavam ao lado. Metano, enxofre, chumbo, sílica eram por eles o tempo todo respirados.

Em qualquer tentativa de fuga ou rebelião, eram mortos ali mesmo e jogados do alto para o fundo das minas.

Suas plataformas desciam a mais de duzentos metros de profundidade, no verão chegava aos quarenta graus, às vezes bem mais.

O velho Inca continua olhando aquilo sem desviar sua atenção, intrépido em seu corpo gasto, exercitado no curtume de sua cultura – nem mesmo piscava os olhos... Profundos, doloridos.

Em dado momento reconheceu-se lá, e os netos e Chapas, em Consciência caminhando remidos naqueles corpos.

A imagem oscila e salta para fora da minha, onde o capitão Juan de Villarroel aparece em uma conversa com os seus administradores, algo que não deu para o velho entender.

Uma pergunta ficou pairando acima da cabeça do velho Inca: "Quem seria hoje o capitão de Villarroel? Estaria ele encarnado? Seria ele ainda pertença dos Illuminates, ou se teria já desapegado desse estado raso de consciência?".

- É você, seu desgraçado? Maldito! – gritou o velho.

Capítulo Um

Kirke Amorim fora dormir no último dia do ano por volta das 23h30. Era réveillon e estava cansado. Queria acordar cedo e dar uma corrida no Central Park, logo pela manhã. Adorava Nova York e se sentia pleno em casa.

Devia ser por volta das 7h30 da manhã, 1º de janeiro de 2014, quando Kirke acordou e simplesmente percebeu que todo o seu passado havia desaparecido de sua memória. Havia um branco, totalmente branco, e nada mais havia lá do que branco, só um branco...

Quando deixara o Brasil dois dias atrás, Kirke Amorim enfrentara um trânsito gigantesco na cidade de São Paulo, até sua chegada ao Aeroporto de Cumbica, em Guarulhos. Fez logo o check-in e aguardou. Apesar do trânsito e um dia típico na corretora de valores, Kirke se sentia extremamente ótimo, e seu tônico vigoroso aumentava sempre que viajava a Nova York. Lá era sua terra por conceito, dizia Kirke, repetidamente. Só não gosto do seu verão, então evitava essas viagens durante o forte verão novaiorquino, sempre que fosse possível.

Era inverno e Kirke esse ano perdera o outono novaiorquino, adorava o desfolhar cromatizado de Nova York. Estava hospedado no Plaza da West 58 com a 5ª Avenida e não havia o que reclamar, estava tão instalado quanto em sua mansão no Alphaville, em São Paulo. Era 31 de dezembro e a nevasca esperada não viera e Kirke resolvera então sair para dar uma volta no frescor gelado de dezembro. Não vou para os lados da Times Square hoje de modo algum, disse para si mesmo ao deixar o Plaza. Deve estar uma bagunça por lá, com toda aquela preparação para a festa do réveillon hoje à noite. Não! Dessa vez vou por aqui e ver no que dá.

Times Square significa "Praça do Tempo". Até abril de 1904 era conhecida como Longacre Square, nome original dado pelos colonizadores britânicos. Mas teve seu nome mudado em função do edifício que durante muito tempo serviu para abrigar os escritórios centrais do jornal New York Times, o Times Building, hoje conhecido como One Times Square. E hoje, a Praça do Tempo, estava sendo preparada para o réveillon daquela noite. É tradição em Nova York, na Ilha de Manhattan, desde 1908, às 23h59, a bola do tempo, bastante grande, em cristal, iluminada, instalada em uma espécie de poste no alto de um prédio, descer deslizando suavemente por sua estrutura, até bem próximo ao chão, finalizando a meia noite, simbolizando o final de um ciclo e o início de outro. Por baixo, um milhão de pessoas se concentra ali na passagem do Ano Novo, perdendo apenas para Copacabana no Rio de Janeiro, acho eu, e Kirke não desejaria ficar tropeçando em coisas, nem sendo atropelado por pessoas agitadas na sua elaboração. Haveria shows de música, fogos de artifício e chuva de papel picado, certamente, pensou Kirke, metendo as duas mãos no bolso para fugir do frio. Atualmente, segundo as revistas de opiniões, é o ponto turístico mais visitado no mundo, perdendo apenas para... ninguém, disse Kirke para si mesmo, enquanto pensava e caminhava. Tem recebido mais turistas do que a Estátua da Liberdade, dizem.

A Times Square tem sua localização na confluência da Broadway com a 7ª Avenida, entre a West 42nd Street e West 47th Street, ou seja, entre as Ruas 42 e 47 Oeste, em Manhattan. É na Times Square que está localizada uma das principais bolsas de valores do mundo, a NASDAQ. Lá também ficam os estúdios da rede de televisão ABC cujo programa matinal Good Morning América é transmitido ao vivo, os estúdios da MTV e da Virgin Records.

A Times Square concentra em seu largo o maior parque da indústria do entretenimento no mundo, podemos dizer assim. Uma imensa variedade de grandes lojas de marcas famosas internacionais. Se você é uma pessoa de bom gosto e com dinheiro para gastar, é para lá que se deve dirigir. À noite, com seus anúncios luminosos, famosos, é atração das mais procuradas. Kirke, porém, detestava esse tipo de atração.

Mas andar para Kirke, não era problema algum, nunca foi, pois caminhar era seu hobby e nada mais que isso lhe dava prazer sem nenhuma intenção oculta, como nas conquistas e nas negociações vultosas, exigindo várias conexões, e, além de um talento inato, uma habilidade inimaginável. Kirke era conhecido como o Sr. Sem-medo.

Com quarenta e cinco anos de idade, o Sr. Sem-medo escalava o mundo a partir de São Paulo e Nova York, como se o mundo fosse uma falésia artificial de prática de alpinismo. Era fácil, muito fácil! Dizia Kirke. Era só se concentrar na próxima fenda acima, encaixar os dedos da mão enquanto os pés se ajustavam logo abaixo sistematicamente. Kirke não era apenas um alpinista saindo-se muito bem em Wall Street, mas um alpinista de verdade! Havia escalado já por duas vezes a Cordilheira Centro Européia, mais conhecida por Alpes. É uma prática com risco elevado que exige um apuro de conhecimentos técnicos, excelente forma física, um estado psicológico dos mais afinados, equipamentos de acordo e domínio das características da região. Essas coisas para Kirke eram moleza. De posse absoluta de sua técnica de progressão "mandava ver", como Kirke dizia às vezes de brincadeira, no Top Rope (corda em cima), um processo de escalada no qual a corda presa ao escalador vem de cima e sua outra ponta é manuseada pelo escalador que dá sustentação.

É importante observar, continuava Kirke, a diferença entre *escalada em solitário* e *escalada solo*. A *escalada solo* dispensa sistemas de segurança em caso de quedas, somente o escalador, o paredão a sua frente, seu par de sapatilhas e seu saquinho de magnésio. Por isso, a *escalada solo*, é tida como o meio mais puro de se escalar.

Na *escalada em solitário*, seu escalador continua só, no entanto utiliza-se de técnicas e equipamentos de segurança. Sem dúvida, trata-se de um intento puramente técnico e laborioso.

Já na *escalada em solitário guiada*, uma ponta da corda permanece ancorada debaixo. Assim, ao completar uma enfiada, o escalador rapela para desarmar sua ancoragem abaixo e escala novamente jumareando a enfiada a fim de prosseguir sua escalada, geralmente na progressão de vias longas. Essa técnica exige um empenho maior do escalador que fará três vezes o mesmo percurso a cada enfiada. Primeiro ele sobe guiando, depois rapela descendo e sobe novamente, agora em top rope ou jumareando. Esse tipo de escalada requer alto conhecimento de ancoragens, aplicações de proteção na rocha, rapel e utilização de ascensores usados para elevação nas falésias.

Existem inúmeros sistemas de preservação que podem ser usados para se escalar em solitário, o prussik é um deles (é falado como um nó ou volta do fiel), o soloaid, o soloist e o silent partner, e freios autoblocantes com seus sistemas diversificados, o ATC Guide ou Reverso, o Grigri e o Cinch, e os ascensores Jumar, Croll e Ropeman, geralmente usados em escaladas em Top Rope, corda em cima.

Até bem pouco tempo, pensava-se que o montanhismo se situava em uma variante do alpinismo e da escalada. O montanhismo não requer técnicas e equipamentos do alpinismo ou da escalada, e está restrito ao veio de atividades e percursos em montanhas. Enquanto o alpinismo faz uso de uma série de recursos, a escalada se restringe ao mínimo possível, geralmente feita em falésias, ao passo que o alpinismo já se arrisca aos cumes de gelo e neve.

Certa vez, em uma escalada em modalidade big wall, em Yosemite Valley, nos Estados Unidos, sua jornada atingiu vários dias e noites, obrigando seu grupo dormir ancorado no paredão, usando para isso de barracas especiais. Isso exigiu grande quantidade de equipamentos, além das sapatilhas de escalada e carbonato de magnésio para manter as mãos secas, comida, água, barracas, sacos de dormir, primeiros socorros, cordas, cadeirinhas, mosquetões, blocantes, friends, nuts, pítons, excentrics, freios, fitas, capacetes, ascensores, grampos e chapeletas.

Já na escalada Alpina, dizia Kirke, que se dá quando o grupo encontra paredões de difícil acesso, geralmente em regiões de gelo e neve, clima inóspito, superfície perigosa e ordenada por fendas, é feita quase sempre a opção pela técnica big wall. Por sua complexidade intrínseca, é necessário um planejamento bem cuidado, levando em conta os fatores meteorológicos e logísticos, e Kirke adorava essa complexidade excessivamente intrínseca, planejada, é a radiografia da mente ácida de Kirke.

Kirke adorava o cerne da frase de Reinhold Messner, alpinista italiano, e jamais perdia a chance de dizê-la mais ou menos dessa forma: "A solidão é uma força aniquiladora, caso esteja despreparado para superá-la; no entanto, pode levá-lo além de suas possibilidades se souber usá-la em seu benefício". A solidão nos negócios tendia ficar terrível às vezes, dizia Kirke, aos seus mais íntimos, tão terrível que se tinha vontade de saltar pela janela, só para não ter que lidar com o maldito sentimento da náusea de tomar uma decisão que levaria à falência centenas de pessoas, caso fosse a opção errada. Só que às vezes, nos negócios, temos que tomar a decisão errada para não errar. É um jogo no qual o destino pode estar blefando na mesa, bem a sua frente, dizia Kirke, bem a sua frente! E aí, o que você faz?! Mas nunca, jamais, deixou de aparentar o Sr. Sem-medo, mesmo porque até então nunca havia falhado.

Mas Kirke também era capaz de brincar e inventava suas próprias brincadeiras, que às vezes lembravam muito ao TOC, transtorno obsessivo compulsivo. Na 5ª Avenida, numa espécie de ziguezague, brincadeira boba de criança, Kirke caminhava fazendo duas quadras até a Rua 56, depois seguia para Leste até a Avenida Madison, caminhava mais duas quadras até a Rua 54, seguia até Park Avenue, caminhava até a Rua 52, seguia até a Avenida Lexington, caminhava até a Rua 47 e seguia até a 5ª Avenida novamente. E continuava na Rua 47 até Times Square.

Isso era uma brincadeira constante e contabilizada. Seriamente contabilizada antes. Kirke tinha dificuldade de relaxar e deixar as coisas acontecerem. Ele, Kirke, precisava fazê-las acontecer! Afinal, era o Sr. Sem-medo, o Sr. do mundo da Paulista e alpinista consagrado em Wall Street. Era assim que a mente ácida de Kirke funcionava, sempre planejando tudo com antecedência, com excesso, contabilizando até mesmo o que de comum não se tinha como contabilizável. Era um vício! Talvez fosse falta de confiança no processo da vida ou dificuldade de delegar o que apenas era por muito simplesmente delegável. Mas quem sabe senão, e, muito provavelmente, autosuficiência em último grau. Um dia, esse sistema Kirke entraria em colapso devido o excesso de informação contida, sem nenhum backup levado em conta.

Outras vezes fazia diferente um traçado mais curto. Caminhava pela Rua 58 West até a 7ª Avenida, dobrava na Rua 52 até a Avenida das Américas e seguia até a Rua 47 com a 5ª Avenida. Em seguida, ou se decidia por outro trajeto ou retornava ao Plaza na Rua 58 com 5ª.

Outra vez, ainda, sob um intenso temporal, Kirke seguiu pela 5ª Avenida direto até Madison Square Park, um feito admirável para quem detesta caminhar e debaixo de muita chuva. Mas Kirke adorava caminhar! Simplesmente olhou em redor, deu meia volta e voltou ao Plaza percorrendo o mesmo trajeto.

Kirke, como bom egocêntrico que era, gostava de andar ocioso pelas ruas que cortavam as principais avenidas, como a 5ª Avenue, sua paixão, a Madison Avenue, a Park Avenue e Lexington Avenue.

- Faço muito disso aqui – disse Kirke uma vez a um novaiorquino que conhecera nessas andanças desgovernadas, nas quais os neurônios eram aliviados pela interrupção do excesso de pensamentos, e Kirke podia então sentir um alívio, uma espécie de bem-estar provocado pela observação das coisas novas ou de olhar tudo outra vez com um novo olhar, e completou: – e nada disso faço em São Paulo, no Brasil. Aqui estou no anonimato, ninguém me conhece e nem me dirigem um bom-dia, nem perdem seu tempo me dirigindo palavra alguma enquanto caminho, sou livre para ser eu mesmo!

- Eu ficaria louco sem poder falar com ninguém – disse o homem.

- É tão fácil caminhar por aqui – disse Kirke, mudando o rumo da conversa – quanto caminhar pela Avenida Paulista, em São Paulo. É como se fossem várias Avenidas Paulistas, em paralelas, separadas por quadras, com suas ruas cortando.

- Em Manhattan – falou o homem –, as ruas estão sempre localizadas de Leste a Oeste, preste atenção – e suas avenidas de Norte a Sul, digamos assim.

Era verdade. Dowtown, por exemplo, compõe os bairros abaixo da Rua 14. Midtown, os bairros entre as Ruas 14 e 59. E Uptown, os bairros situados acima da Rua 59. Toda Manhattan é esquadrinhada de uma maneira que facilita o deslocamento em toda sua extensão.

Kirke ficara sabendo pouco tempo atrás que a capital do estado de Nova York não era a cidade de Nova York e sim a cidade de Albany. De fato, Kirke não era ligado a essas coisas que não convergiam aos negócios, ao dinheiro, ao desempenho. Para Kirke, Albany ou Nova York como capital não tinha relevância alguma. Mas sabia, por interesse, que a cidade de Nova York estava dividida em cinco distritos: Brooklyn, Queens, Bronx, Staten Island e Manhattan, e cada um comportando seus respectivos bairros.

Kirke também ficara sabendo pouco tempo atrás que Manhattan fora fundada em 1683. Uau! não tem tanto tempo assim, pensou, pouco mais nova que o Brasil. Mas sabia que Manhattan abrigava dois dos três centros financeiros de Nova York, e também constava do seu Fichário de Caminhada os principais pontos de interesse da cidade, a Times Square, o Central Park, o Empire State Building, a Wall Street, a Broadway e a Brooklin Bridge, a ponte que liga Manhattan ao Brooklyn e, antes dos ataques de 11 de setembro às torres gêmeas, o majestoso complexo World Trade Center.

E foi pouco tempo atrás também que Kirke ficara sabendo que o nome Manhattan vinha do Lenape, uma tribo indígena dos Estados Unidos antes mesmo de vir a ser nomeado os Estados Unidos da América.

Ilha de muitas colinas, como foi descrita pelo primeiro membro da tribo ao chegar à Manhattan. A Ilha foi descoberta em 11 de setembro de 1609, pela expedição holandesa de Henry Hudson. Onze de Setembro!

Manhattan é sistematicamente cortada por ruas e avenidas. A Ilha é contornada pelo Rio Hudson espalhando-se no lado Oeste, entre Manhattan e New Jersey, e pelo Rio East River no lado Leste, entre Manhattan e a ilha de Long Island.

As avenidas fluem subindo e descendo no sentido Norte e Sul... Sempre ou quase sempre sinalizando mão única. Vai da 1ª até a 12ª Avenida. Porém existem mais três avenidas paralelas de suma importância no lado Leste, que estão localizadas entre 1ª e 5ª Avenida, que são em ordem crescente: Lexington Avenue, Park Avenue e Madison A-venue, isto é, Avenidas Lexington, Park e Madison.

Assim, as ruas que cruzam essas avenidas, têm seu início no lado Leste, no qual o Rio East River se pronuncia, e sofre sua numeração alterada para maior à medida que se desloca, cruzando a 5ª, em sentido Oeste da Ilha de Manhattan. Portanto, a 5ª Avenida (como marco divisório principal estabelecendo as quatro direções, dividindo a cidade de Nova York em East (Leste) e West (Oeste)), é sulcada inevitavelmente em seus cruzamentos por uma série de ruas que vão se somando de Sul ao Norte de Manhattan.

Em Manhattan, um dos cinco distritos da cidade de Nova York, a ruas são estabelecidas por números. Por exemplo, 42th Street, ou Rua Quarenta e dois, 84nd Street. Com um endereço à mão, 448 West, 42th Street, portanto deverá se dirigir à Rua 42 a Oeste da 5ª Avenida e caminhar até o número 448, conferia Kirke em seu Fichário de Caminhada. Toda numeração exibindo a letra "W" indica o endereço a Oeste da 5ª Avenida, e a que exibe a letra "E", a Leste da mesma. Ou seja, East ou Leste, menor, e West ou Oeste, maior.

Já no Village, Soho e Tribeca (Tribeca: síntese de Tri-angle Below Street), Kirke certa vez foi aconselhado por uma senhora que vendia hot-dog nas imediações, as ruas se comportam como labirintos intransponíveis às vezes, dependendo do seu estado psicológico no momento. Nomes complicados demais para se pronunciar. Há que se prestar muita atenção para não se perder, disse. Mas, em Midtown e Uptown, a melhor maneira para o senhor se localizar é pela 5ª Avenida. Agora, é sempre bom perguntar para que lado fica o Central Park. Ele fica ao Norte na 5ª Avenida, e por ali há várias estações do metro, aí fica fácil. Mas se o senhor estiver no Downtown ou Village, é só procurar a Broadway ou a 5ª. Ali há taxi e metrô fácil também. E já deve ter notado que as ruas que cortam as avenidas têm seu início na parte Sul e seguem aumentando seus números em direção ao Norte. Por exemplo, Rua 16 mais ao Sul e Rua 79 mais ao Norte.

Mas, o que mais Kirke conhecia, e como a palma de sua mão, era o Financial District ou Distrito Financeiro, conhecido também como Lower Manhattan – a parte mais antiga de Manhattan, onde tudo começou. Ali, erigidos como incensos elevados aos céus, estavam a Wall Street, a Igreja da Trindade com seu cemitério do século 17 talvez, o South Street Seaport, museu marítimo, shopping e píer, o Fulton Street Fish Market, mercado de peixes e frutos do mar, o Battery Park de onde se pode divisar a Estátua da

Liberdade, a New York Stock Exchange, bolsa de valores de Nova York, e agora o Memorial do World Trade Center.

Mas Kirke não havia deixado passar despercebido em suas extensas caminhadas o Greenwich Village, também conhecido como West Village ou The Village. Esse excepcional lugar, mais residencial antes do que hoje, acolheu muitos artistas no passado, como Walt Whitman, Edgar Allan Poe, Mark Twain, John Lennon, Bob Dylan e dizem até que Raul Seixas andou se acolhendo ali por uns tempos. O Parque Washington e a Universidade de Nova York também faziam parte das incursões de Kirke, ambos também por ali. O Greenwich Village foi palco da Rebelião de Stonewall, que levou gays, lésbicas, bissexuais e transgêneros a um confronto violento com a polícia de Nova York. É ali que as mobilizações de um modo geral se dão sempre. E é ali também que a disputada festa de Halloween, a mais famosa delas nos Estados Unidos, segundo dizem, acontece.

Nem o Soho (síntese: South of Houston) tampouco havia deixado de ser percebido por Kirke em suas vãs caminhadas, pois ali estavam algumas das galerias mais importantes, a The William Bennett Gallery, a Terrain Gallery, a Franklin Bowles Gallery, a Pop International Gallery. Lojas como Prada, Apple Store, Bloomingdale's, H&M, Marc Jacobs, Chanel, Victoria's Secret, Mil Mil, Puma, Dolce & Gabbana, Urban Outfitters, J.Crew, Calvin Klein. Restaurantes em alta cotação, o Nobu (japonês), o Dean & Deluca, o Balthazar (francês).

E China Town é tudo o que se possa imaginar aleatoriamente junto: comidas, chineses, mercadinhos, músicas chinesas, letreiros escritos em mandarim e muita oferta de produtos inspirados em marcas originais. Este é meu apraz asiático, dizia Kirke, com sabores asiáticos peculiares.

Mas era ao Little Italy ou Nolita, localizado ao norte de Chinatown, que Kirke se deslocava a qualquer tempo para tomar o melhor café italiano da cidade de Nova York. Porém, não fazia muita questão se aventurar por San Genaro, Lower East Side e Meatpacking District, e a razão era simples: não havia razão alguma, apenas uma tímida indisposição, solitária, dizia Kirke, que vinha não sei de onde nem por quê.

Kirke retornou ao Plaza por volta das 17h. Pensava em tomar um banho, se alimentar, relaxar um pouco em frente a teve e depois cama, nada de réveillon, estava cansado da viagem e cansado do mesmo réveillon que se repetia ano após ano.

Capítulo Dois

Então... Kirke Amorim fora deitar no último dia do ano por volta das 23h30. Era réveillon e estava cansado. Assim... Queria acordar cedo e dar uma corrida no Central Park, logo pela manhã. Com efeito... Adorava Nova York e se sentia pleno em casa.

Foi então... Por volta das 7h30 da manhã do 1º de janeiro de 2014, quando Kirke acordou e simplesmente se deu conta de que todo o seu passado havia desaparecido de sua memória. Havia um branco, totalmente branco, e nada mais havia lá, só um branco (que na verdade era escuro), sem imagens nem emoções,... Na verdade, Kirke ainda não sabia exatamente o que estava acontecendo e nem se de fato havia mesmo perdido a memória do seu passado, ainda se encontrava naquela zona de transcendência entre estar acordado e dormindo ao mesmo tempo, apenas se sentia diferente, leve e presente, totalmente presente, Aqui, Agora. E logo que começou a perceber que os seus pensamentos estavam parados em algum lugar que não sabia explicar, achou que fosse entrar em pânico e se surpreendeu achando aquilo tudo ótimo, vivo. Sua personalidade havia desaparecido. A personalidade é a crônica da vida, é todo o passado de alguém, sua identidade vulgar como pessoa. Não havia estresse nem ressentimento, notou. Nada para se apoiar que não fosse o momento presente, acontecendo a cada instante, novo, fresco, sem reter nada para que ficasse velho, claustrofóbico, um fardo cruciante e desconfortável na região do estômago, mas somente aquele vazio amoroso, pleno de paz, isso é bom, muito bom. Que coisa, pensou! Continuo existindo mesmo sem os meus pensamentos, isso é muito bom, disse para si mesmo, é bom, é uma sensação de paz macia, apenas não sei direito quem fui, nem se moro aqui e o que é esse lugar. Bom, pelo jeito deve ser um hotel. Hotel? Mas onde? Que bom, no entanto assustador! Tenho noção dos meus conceitos, apenas não tenho uma história para conflitar, já é um ótimo começo. Não! Pensa, Kirke! Kirke? Pelo menos sei meu nome. Mas "Kirke" do quê? Sou casado? – pensou. Tenho filhos? Talvez! Olhou e viu sobre o suporte ao lado do abajur uma passagem aérea com um bilhete que dizia "Paris, meia-noite, de quinta, 2, para sexta, e um número de telefone que devia ser da cidade de Paris". Kirke não tinha dúvida que por alguma razão então desconhecida deveria viajar a Paris naquela data. Mas por quê? – pensou. Qual a minha profissão? E a quem pertence esse número de telefone? Devo ligar ou simplesmente aguardar que me ligue? Nisso, toca o telefone e Kirke atende.

- *Kirke?*

- Sim – respondeu Kirke, cauteloso.

- *Posso ligar depois, se estiver dormindo – falou a voz do outro lado.*

- Não, não, por favor, continue – implorou Kirke.

- *Continue? Você está estranho, aconteceu alguma coisa?*

- Sim e não.

- *Como assim?* - indagou a voz do outro lado.

- Quem está falando? – perguntou Kirke, em suspense.

- *Sou eu, sua mãe* – respondeu a voz, aflita.

- Minha mãe? – silêncio – E como minha mãe se chama?

- *Ora, Kirke, pare de brincar, está me assustando.*

- Só me diga o seu nome, mãe, por favor – insistiu Kirke.

- *Está bem, é Noemy. Agora pare com essa brincadeira.*

- Mãe! Acredita em mim, está bem?

- *Eu acredito. O que é que está acontecendo? Não me deixe assim! Eu quero saber! – implorou.*

- Acho que perdi minha memória, ou parte dela. Acordei assim, poucos minutos atrás... Acredita em mim?

- *Fique calmo, deve ser estresse. Esse seu ritmo de trabalho, eu já falei.*

- Mãe! Preciso de informação, ok?

- *Sim, o que quer saber?*

- Sou casado?

- *Foi, com a Sandra. Estão divorciados há quatro anos.*

- E filhos?

- *Tem dois, Thomazia com 18 e Pietro com 16.*

- Deixe-me anotar isso, espere um pouco. – E começou anotando o nome "Noemy" e entre parêntese a palavra "mãe". Depois o de Sandra, o de Thomazia e o de Pietro, usando o mesmo sistema de parêntese para identificação. – Pronto, já anotei. E tenho pai?

- *Claro, não nasceu de chocadeira, oras bolas!*

- Vivo, quero dizer?

- *Seu pai morreu o ano passado de câncer no esôfago. Coitado, você nem imagina...*

- Tenho irmãos? – perguntou Kirke, interrompendo.

- *Sim, dois. O Nelson e a Virgínia. Ambos casados e felizes, graças a Deus!*

- Por que "graças a Deus"?

- *Por nada!*

- Sei. E moram aí, em São Paulo?

- *Sim.*

- O que eles fazem?

- *Nelson é advogado e Virgínia, pediatra. Nada a ver com a profissão agressiva que você escolheu!*

- Agressiva, como assim? – indagou Kirke, curioso.

- *Você sabe, o mundo do mercado de capitais, cotações, arriscar e investir tudo ou diversificar mas lucrando menos. Eu e seu pai sempre detestamos essas "sangrias", como vocês falam!*

- Sou... Sou honesto?

- *Sim, honesto, tudo dentro da lei. Só que a lei para esse ramo é injusta e cruel! É um ramo só para os atirados... Loucos!*

- Sei. E sobrinhos?

- *Têm três, Nelsinho com 26, e da Virgínia, a Bianca com 25 e o Fabrício com 22. Nelsinho é economista, Bianca faz medicina na USP e Fabrício faz engenharia no Mackenzie.*

- Em São Paulo, certo?

- *Olha só que coisa! Se você perdeu a memória, como sabe sobre São Paulo, pode me explicar?* – perguntou, irritada.

- Não sei explicar, apenas que sei algumas coisas e outras não – falou Kirke, tentando amenizar o quadro da situação.

- *Mas como é possível, "algumas coisas e outras não"?*

- Não sei, mas tenho um palpite, talvez. Todo o conhecimento que eu adquiri até aqui, como conceitos, cultura, não foram perdidos, apenas a história interior, subjetiva, psicológica, que compõe o meu passado, é que se perdeu, evaporou, entende?

- *Que coisa maluca, não tem como pesquisar isso na internet?*

- Vou fazer isso mais tarde – disse Kirke.

- *Faça mesmo, mas vou pedir a Bianca que fale sobre isso com algum professor, lá na USP.*

- Sabe me dizer onde eu estou?

- *Em Nova York, no Plaza onde sempre se hospeda. Por quê?*

- Não sabia onde estava. Sabe por que devo ir a Paris? Tem uma passagem aqui que diz isso.

- *A negócios, o que mais poderia ser.*

- Tem um número de telefone que deve ser de Paris, sabe de quem pode ser?

- *Só pode ser do Tony Eloi, ele está lá te esperando.*

- Quem é Tony Eloi?

- *É seu sócio na corretora, nos negócios, nos investimentos.*

- Sei, vou ligar pra ele depois e contar o que houve.

- *Por que não liga para a Marisa, é sua secretária e pode lhe passar os detalhes.*

- Com certeza vou fazer isso depois.

- *Por que não volta para o Brasil e deixa Paris pra lá?*

- Se vou estar sem memória, posso estar em qualquer lugar que não vai fazer diferença alguma.

- *Sempre foi teimoso, você é que sabe!*

- Por que me ligou?

- *Para lhe desejar feliz aniversário, 46!*

- Sério, hoje é o dia do meu aniversário?

- *Não quer mudar de idéia e retornar ao Brasil?*

- Não! Vou a Paris e descobrir do que se trata.

- *De negócios, já falei. Ligue pra Marisa!*

- Não precisa fazer um alarde disso ao pessoal aí, ok?

- *Ok. Vou tentar, prometo...*

- Ah! Sabe se tenho uma agenda?

- *Carrega sempre com você, e tem uma menor com números de telefones e emails.*

- Como sabe tudo isso?

- *Todo mundo sabe, a dourada e uma preta de couro caro.*

- Então não preciso anotar o seu número?

- *Apenas por precaução, deveria.*

- Espera...

- *Anotou?*

- Anotei. Vou tomar um banho agora e descer e comer alguma coisa. Se precisar me ligue no celular, está bem?

- *Está bem, se cuida. Qual é o meu nome, ainda se lembra?*

- Deixa-me ver aqui... "Noemy".

- *Isso é insuportável, se lembra do nome de São Paulo, mas tem que ler o nome de sua mãe.*

- Tenha paciência, beijos.

- *Beijos.*

- Ah! Sabe me dizer por que estou em Nova York?

- *Depois que se divorciou de Sandra, é para aí que tem ido nessa época!*

- O que mais?

- *Mais nada, que eu sei.*

- Ok. Ligo mais à tarde. Beijos.

- *Beijos.*

Estar presente sem pensamentos significa que você saltou para fora de sua mente, para fora do mundo, porque a mente é o mundo, o mundo é a mente, o ego, melhor dizendo. Portanto, fora do tempo não há passado, não há ressentimento instalando futuras doenças, e não há perdão, porque sem um passado não há nada para se perdoar, nem culpas. Também não há projeção de espécie alguma, porque não há um futuro onde se projetá-la. Assim, não há medo nem planejamento, tudo ocorre como tem que ocorrer. Só isso já é libertador, disse Kirke para si mesmo, enquanto organizava suas anotações para poder lembrá-las depois. Esse estado de completo vazio é tudo o que há para perceber. Tudo surge do vazio, os sons e toda a dinâmica da vida. Tudo surge por um tempo e desaparece novamente no vazio. É como uma estrutura de alambrado de arame grosso, na qual sua maior parte é construída de vazios. E, através de um microscópio atômico, pode-se ver dentro do arame um sistema de moléculas de secções vazias, infinitamente.

Kirke terminou de separar as anotações e precisava de uma fita adesiva para prendê-las na porta do armário.

Depois desço e compro uma, disse para si mesmo. Anotações: deixa-me ver, aqui... Procurar na internet sobre perda de memória. Vamos lá, *tudo sobre perda de memória*. O que é isso? *Recomendação de livros e palestras sobre o tema, porém olhado de uma perspectiva mística: Mooji "Antes do Eu Sou" e Eckhart Tolle "O Poder do Agora". Há também satsangs (encontros consigo mesmo) em vídeos, no You Tube, dos autores e mestres espirituais citados.* Kirke se interessou em ver primeiro o que esse tal de Mooji tinha para dizer, clicou e assistiu ao vídeo em inglês...

De Mooji... *"Observe o que surge no momento sempre de sua posição de neutralidade absoluta. Você tem o poder para fazer isso. Não é difícil, porque já faz isso durante a maior parte do tempo, embora sem perceber. E faz isso com situações, pessoas e coisas, simplesmente porque não tem um relacionamento pessoal com elas, há então aí um desapego. Eu lhe mostro. Está vendo esses dois objetos em minhas mãos (fala exibindo o retrato de Ramana Maharshi, mestre espiritual indiano já falecido, e um pano que se assemelha a um guardanapo)? Você consegue ver a ambos com igual clareza. Porém, se mantiver um relacionamento pessoal com este aqui (e exibe o retrato de Ramana Maharshi novamente), então muito provavelmente será este que causará a você os chamados problemas e não este (e novamente exibe o guardanapo). Quase tudo que observa no mundo ao seu redor não lhe causa problema algum, porque você não desenvolve nenhum sen-*

timento especial por quase nada. Mas é terrivelmente perturbado por tudo que se torna valioso para você, não importa o quê! São os seus conceitos valiosos que te fazem sofrer, não importa o quê!".

Kirke gostou muito do que viu e se interessou em ver o depoimento de Eckhart Tolle falando sobre o seu próprio Despertar espiritual...

De Eckhart Tolle... *"Bem... Eu já vinha de longa data dessa forma, ansioso, deprimido, frustrado, nada na minha vida tinha muito sentido... Depois de formado na Universidade de Londres eu não fiz muita coisa por quase um ano, e esse foi um ano no qual mais fiquei infeliz e deprimido, e a mudança interior aconteceu – interiormente. Eu estava com 29 anos, acordei no meio da noite e isso não era anormal para mim, acontecia sempre acordar no meio da noite e me sentir intensamente depressivo e com muito medo ao mesmo tempo. Isso aconteceu de novo 'nesta' noite e um pensamento surgiu em mim: 'Eu não posso viver comigo mais!'. E esse pensamento se repetiu na minha mente: 'Eu não posso viver comigo mais!'. Então prestei atenção a esse pensamento como se eu ficasse atrás dele, recuado, e olhasse para ele e dissesse 'é um pensamento estranho, eu não posso mais conviver comigo, eu sou um ou dois?'. Esse pensamento mostrou que parecia ter duas pessoas ali... Eu e o ego, o qual não posso viver junto. Eu não tinha uma resposta para essa pergunta... Essa pergunta confundiu minha mente. Muito mais tarde, isso me lem-*

brou a um 'Koan' que tem no Zen, que é um enigma feito para parar a mente. Por exemplo, 'Qual é o som do bater palmas com uma mão só?'. É um Koan famoso. Isso não tem uma resposta no nível intelectual. Então a pergunta que surgiu em minha mente também não tinha uma resposta no nível intelectual: 'Quem sou eu e quem é o ego com o qual eu não posso viver? E esta pergunta disparou, 'nesta' noite, uma mudança interior. Algo dentro de mim que eu não entendi, 'nesta' noite, deve ter se desidentificado do ego (separado da identidade), o meu eu infeliz, como chamei mais tarde. Então um tipo de desidentificação (separação) interior aconteceu. O Eu sou, o qual mais tarde reconheci como a Consciência que eu sou, separou-se da entidade condicionada, da consciência condicionada, que era o que me fornecia um (falso) sentido de identidade, como o ego, e isto consiste a maior parte de uma história (personalidade, pessoa, crônica interior) infeliz. Depois disso, senti como sendo sugado a um tipo de vórtice de energia no qual eu estava desaparecendo (a pessoa que pensava que era). Ainda ocorreu um momento de resistência, então ouvi alguma coisa como uma voz interior que dizia: 'Não resista!'. Então desisti de resistir ao sentimento de quase estar desaparecendo no nada (no vazio do verdadeiro Ser), e não me lembro de muito mais. 'Dessa' noite, tudo que sei é que na manhã seguinte acordei e abri meus olhos, olhei ao meu redor e o que estava vendo parecia que era pela primeira vez, recente, novo e vivo! A luz que vinha através da janela, os objetos familiares sobre a mesa pareciam novos e *vivos. Saí para dar uma caminhada e olhava ao redor e tudo parecia tão tranquilo, mesmo o tráfego na cidade de Londres parecia tão tranquilo e foi aí que percebi que algo estranho havia acontecido (em mim). De repente tudo parecia preenchido de vida e em paz, e eu não sabia por que, e foi assim... E essa paz interior, existindo agora como um pano de fundo para todas as experiências, para todas as sensações, para todos os meus pensamentos, nunca mais me deixou. Mas levei um longo tempo para entender e ser capaz de colocar em palavras. Mais tarde comecei a investigar outros ensinamentos espirituais pela primeira vez: budismo, cristianismo e também os ensinamentos espirituais mais atuais, e muito rápido reconheci a Verdade, que em muitos casos está escondida sob muitos séculos de adições culturais, interpretações e equívocos, e pude ver a Verdade que está no budismo, no cristianismo. Os ensinamentos originais me esclareceram o que aconteceu comigo. Por exemplo, peguei o Novo Testamento e li que Jesus disse: 'A paz vem através do total entendimento', e isso é exatamente o que eu sinto, essa paz vem de entender tudo o que É! Então Ele deve ter tido a mesma experiência, a paz de repente surgiu e não relacionada com qualquer coisa no mundo externo, não foi causada por alguma coisa maravilhosa no ambiente externo, ou seja, não parecia ter uma causa externa. Mais tarde eu visitei professores Zens e de novo reconheci a Verdade no Zen imediatamente. Eles também me ajudaram a entender o que aconteceu comigo, em um contexto maior. Por exemplo, lembro-me de ter falado com um monge budista que me disse sobre chegar ao fim do ato de pensar!"*

Deu pausa. Isso tranqüilizou Kirke, a possibilidade de se parar de pensar, como algo positivo, alternativo, e soltou a pausa.

"... E que Zen é sobre não pensar – continuou Eckhart Tolle. – Imediatamente percebi algo que estranhamente não tinha percebido antes, que meu processo de pensar, depois do que aconteceu 'nesta' noite, foi reduzido talvez em 80%, ou seja, eu não estava mais pensando tanto e por causa disso havia tanta paz em mim, e percebi então que o ruído mental contínuo, como agora eu o chamo, que é compulsivo e composto em sua maior parte de pensamentos inúteis, e que na maioria das pessoas está mentalmente acontecendo o tempo todo, no meu caso havia terminado. Claro, pode acontecer algum pensamento quando ele é necessário e ocasionalmente pensamentos podem vir, mas existem grandes intervalos em que não há pensamento algum, e nesses espaços longos de não pensamento ocorre a experiência maravilhosa de paz interior. E descobri que essa paz interior já estava lá antes do meu despertar, bem no meio das terríveis sensações de medo e ansiedade que eu vivia, porém encoberta pela hiperatividade da mente, e gradualmente isso se desenvolveu em um ensinamento espiritual. Assim, o ensinamento espiritual tenta mostrar às pessoas que elas já têm dentro delas o que talvez estejam buscando fora, a vida, a paz. O sentimento de profundo preenchimento in-

terior já está presente em todo ser humano como parte da sua essência interior. Então, não é mais uma questão de necessidade de obter ou adquirir alguma coisa nova, que frequentemente alguns buscadores espirituais estão procurando. Todo mundo está procurando por adquirir algo para preencher a si mesmo. Talvez estejam procurando por isso, no nível material ou no nível de experiências. Ou no nível de acumular conhecimentos, ou bens. Ou buscadores espirituais desejando adicionar mais experiências espirituais para o que eles são. Ou achar eles mesmos em algum ponto do futuro. Só que não podem. Se você está olhando para o futuro para encontrar você mesmo, você já está perdendo você mesmo, a essência do seu ser que você só pode encontrar no Agora! Então... a descoberta 'nesta' noite tomou-me anos para entender, e no processo de entender isso, pessoas vinham até mim e ocasionalmente faziam perguntas. Então gradualmente ficava capaz de falar a respeito e de reconhecer no outro o mesmo dilema que eu havia passado, apenas com a exceção de que havia sofrido mais profundamente, pois tinha vivido mais profundamente imerso no ruído mental e no turbilhão emocional do que seria o normal. Mas... o mesmo princípio opera em todos nós".

Tudo coincidia bem parecido com o que Kirke estava passando... E Kirke se sentiu muito impressionado com os dois vídeos e quis descer e comprar livros desses mestres espirituais...

Ainda não tomei meu banho, pensou, vou fazer isso agora e depois descer.

Fechou o notebook e se dirigiu ao banheiro. Algum pensamento? – perguntou Kirke para si mesmo. – Não, nenhum – respondeu –, por enquanto. Isso é bom! Mas estou pensando, não estou? Não sei! Houve algum pensamento no momento em que me dirigi do quarto até aqui, ao Box? Que eu saiba, não! Não me lembro de ter tido pensamento algum durante o trajeto. E agora, estou pensando ou me fazendo uma pergunta? Fazendo-me a pergunta se estou pensando ou fazendo a pergunta. Mas houve algum pensamento ao me fazer tal pergunta? Não, não houve. Então como posso ter-me feito uma pergunta sem usar o pensamento? Como poderia saber o que perguntar? Ainda não sei! Talvez algum sistema de reflexo exista sem a formulação de um pensamento. É! Talvez! Quem disse isso: "É! Talvez!"? Eu! E quem sou eu, sem nenhum pensamento? Talvez a vida que eu seja que não precisa ser pensada, mas somente vivida sem nenhum esforço de pensamento. Tem certeza? Ainda não sei!

Kirke ligou a ducha e temperou a água usando ambas as torneiras. Aguardou um pouco e se enfiou debaixo. Podia sentir pela primeira vez a textura da água quente caindo e deslizando sobre o seu corpo. Podia sentir a respiração entrando e saindo. Podia sentir o peso exato do sabone-

te em sua mão. Tudo estava acontecendo ali, naquele agora, sem nenhum processo de pensamentos, de desejos ou
preocupações, para desviar a atenção da experiência que o
mantinha presente, focado no instante em que tudo estava
se dando. Podia sentir seus sentimentos vivos com relação
ao que estava experienciando. Havia um cheiro característico no banho do qual jamais teve tempo para sentir. Tudo
ali era novo, fresco, porém feito já a quarenta e seis anos.
Epa! Lembrei o que disse minha mãe, Noemy, ao telefone,
que hoje é meu aniversário. Isso significa que posso me
lembrar de tudo do ponto em que acordei para frente, para
trás não mais, pelo menos ainda. Algo me diz que isso é
uma vantagem e não uma perda, propriamente. Mas ainda
não sei exatamente do que se trata. Kirke passou o sabonete absolutamente focado em cada parte de seu corpo, inteiramente presente, obedecendo mesmo sem conhecimento
do ensinamento, "Quando como, só como. Quando me banho, só me banho. Quando caminho, só caminho...". Agora
deixava a água escorrer sobre sua cabeça prestando atenção ao som e a sua textura fluida. Tampava e destampava
os ouvidos com os dedos indicadores e anotava emocio-
nalmente sua diferença. Fez isso durante algum tempo,
sempre percebendo dentro do crânio sua ressonância, ora
meio surda ora bem audível. Gosto de me sentir criança
outra vez, nunca havia pensado sobre isso, se gosto de me

sentir criança nessas ocasiões? Percebeu que seu peito se encheu repentinamente de oxigênio e imediatamente o soltou sem nenhum esforço consciente de sua parte. Estava ali existindo sem nenhum esforço, somente existindo como a vida desejava existir. Que sensação, como não havia percebido isso antes? E sabia a resposta, eram os pensamentos de preocupações e planejamentos que ocupavam esse lugar, o da percepção, pura, gostosa. E mesmo agora sem os pensamentos sabia exatamente o que deveria fazer, porque era lembrado por algo dentro dele sobre o que deveria fazer. Desligou a ducha atento ao que estava fazendo e puxou a toalha sobre si e começou a se enxugar parte por parte, atento a cada movimento. Algum pensamento? Não! Que bom, significa que continuo na paz. Ao enxugar os pés, notou umas veiazinhas levemente saltadas, coisa que jamais notara antes. Notou também que podia sentir uma pequena dor embaixo do pé direito ao exercer alguma pressão, era o chacra alertando que andasse menos com esses sapatos de solados de borracha, pois eram isolantes e impediam o funcionamento correto do fluxo de energia que deveria ser liberada na terra. Como Kirke ainda não sabia ainda nada a respeito dessas indicações, ficou por isso mesmo. Deixou o Box e se dirigiu de volta ao quarto. A dor debaixo do pé direito continuava incomodando um pouco. Viu as anotações sobre a cama e de novo lhe veio à mente que teria que comprar fitas adesivas para ordenar aquilo na porta do armário. Juntou a roupa do dia anterior e a meteu dentro de uma sacola de lona. Abriu o armário e pegou outras limpas.

À medida que ia se vestindo, novas recomendações surgiam de dentro do seu ser, como, passar em uma livraria e comprar os livros dos mestres espirituais Eckhart Tolle e Mooji. Telefonar para sua secretária Marisa, em São Paulo, e tentar descobrir de fato o que estava fazendo em Nova York. Telefonar para Paris e ver se o número era mesmo o de Tony Eloi, seu sócio na corretora, e saber do que se tratava afinal essa viagem a Paris. Foi lembrado que, ao descer, deveria deixar a sacola com a roupa suja com a moça da lavanderia do hotel e pegá-la no final da tarde. E a mais iminente delas, havia esquecido as senhas todas dos cartões de crédito e não podia deixar o hotel sem antes resolver essa questão. O que faço? Estou em Nova York. Sozinho. Não tenho comigo nenhum número de telefone de cartão de crédito para ligar. Posso pedir ajuda lá de baixo, mas ficaria difícil explicar a minha situação. Posso ligar para esse número de Paris e se for mesmo o do Tony Eloi pedir sua ajuda. Mas e se não for? Mas posso ligar para a Marisa, minha secretária. Pensa, Kirke! – falou –. Eu sei que está difícil, mas faz um esforço... Bingo! A tal da agenda dourada que minha mãe falou, pensou, deve ter alguma anotação lá. Onde está... Ah! bem em cima do móvel. Bingo! Todas aqui! Todas com sequencia a partir da primeira, fácil de memorizar. Kirke, você é um gênio! Problema dos cartões, resolvido. Agora vou terminar de me vestir, disse para si mesmo, estou com fome e com vontade de caminhar – e olhou pela janela e viu que estava nevando levemente. Adoro caminhar enquanto está nevando. Perfeito. Devo terminar de me vestir, escovar os dentes e descer. Onde está o meu casaco de neve? Olhou para o armário e não teve dúvidas. Mas primeiro foi até o lavatório no banheiro escovar os dentes. Enquanto escovava os dentes e olhava seu reflexo no espelho, perguntou, estou pensando para fazer isso? Não! Quem é essa figura no espelho? Aparentemente sou eu, mas na verdade posso sentir já que se trata de uma imagem de pessoa, uma forma que aparece como eu. É... por enquanto essa ideia esta boa – pensou –. Lavou a boca da espuma, guardou a escova no pote e voltou para o quarto. Houve pensamento nesse trajeto? Não! Apenas uma pergunta na frente do espelho, sem pensamento formulando a pergunta. Como sei disso? Não sei ainda! Foi em direção ao armário, catou o casaco de neve com a sacola de roupa suja e saiu fechando a porta do quarto atrás de si. Seguiu até o elevador e apertou o botão. O painel do elevador apontava o 15º andar e Kirke estava no 12º, e aguardou em quietude (percebendo que não havia pensamento) até que o elevador chegasse e a porta se abrisse. Entrou e desceu em silêncio até o térreo, observando o momento presente se desenrolar. Até aqui não houve pensamento, pensou, ele estava presente. E esteve consciente do que acontecia no espaço da sua consciência que percebia o que acontecia. Deixou sua sacola com um dos atendentes mesmo e em seguida perguntou onde poderia encontrar uma livraria. O atendente lhe sugeriu a Barnes & Noble na 5ª Avenida, não muito longe dali. Foi lhe falado também que a Barnes mantinha uma seção de papelaria e que lá encontraria sem dúvida sua fita adesiva. Agradeceu e se dirigiu ao restaurante do Plaza fazer o desjejum da manhã.

Enquanto se servia, Kirke repassava mentalmente se houve algum movimento do pensamento no momento em que ouvia as sugestões do atendente. Não dava para saber, sinceramente, pensou. Mas tenho uma leve impressão que não! Deixou essas considerações de lado e voltou a ficar presente no que estava fazendo, cada iguaria do seu desjejum. "Quando eu como, eu como! Quando eu caminho, eu caminho! Quando eu ouço, eu ouço! Quando eu vejo, eu vejo!" Essas são frases que pertencem ao ensinamento que diz que, ao se estar presente, inteiramente presente, não há pensamentos, simplesmente porque o ego pensante ou mente não suporta um estado de presença. E o que significa "um estado de presença"? É quando se deixou de ser uma pessoa pensante para se tornar uma Presença no momento presente, sem pensamentos, apenas Presença percebendo o momento.

Kirke deixou o Plaza e rapidamente tomou a direção da 5ª Avenida. A cada passo, a cada respiração, tudo era registrado como acontecendo agora, fresco, acabado de surgir, novo, virgem, saído do nada e do vazio para ali, sua consciência. Estava reescrevendo sua crônica a partir do instante que acordou, sem passado, sem futuro, apenas o presente acontecendo. Os passos eram dados, um após outro. Mas quem dava os passos, pensou, eu ou meu corpo. Mas se for o meu corpo, há algo ou alguém aqui que está consciente deste corpo e dos passos sendo dados. O que ou quem está consciente disso, pensou? Bem, deve ser algo que eu sou que está consciente, do corpo e dos passos, mas também de tudo que vejo e ouço ao meu redor agora, neste instante. Que coisa louca, disse para si mesmo, algo que ainda não sei bem está me sendo revelado, aqui, agora! A sensação, para Kirke, era de fato tudo novo, acontecendo agora, ali, naquele instante na 5ª Avenida. O clima, o trânsito, as pessoas, tudo parecia surgir nele, indo e vindo, aparecendo, se movendo e desaparecendo nele, aquele espaço de consciência que era ele. Notou que os pensamentos surgiam, se mantinham um pouco e desapareciam ou eram substituídos por outros, inventando-se emendados em outros recém chegados. Posso segui-los ou não, dá para perceber nesse espaço da consciência o livre-arbítrio de seguir os pensamentos ou deixá-los ir, pensou. Porém algo me diz que não devo segui-los, mas ficar aqui-agora, neste espaço da consciência, como um estado de Presença sem pensamentos, observando apenas tudo o que acontece: surge, altera-se e se transforma num agora transformado. Nossa, parece ser sempre um eterno agora se transformando ininterruptamente, pensou. Não é o que eu sou que surge e se move; não, ESTE está sempre aqui, mas o que eu percebo ocorrendo neste agora, em mim!

Kirke olhou para o céu e minúsculos filetes congelados caiam-lhe sobre a face, e percebeu que isto era também observado por algo dentro dele, que na verdade era um Ele sem ele, um Eu sem eu – ou um Você sem você! Olhou para o trânsito singelo, fraco e feriado, e notou que aquilo também estava acontecendo nele, naquele espaço da consciência, e o clima, os sons, os movimentos, e os pensamentos e as sensações do corpo, e que algo nele era o Observador daquele acontecer. Que tudo estava simplesmente acontecendo ali, sem esforço da sua parte. Apenas surgia e sua consciência ficava consciente (...).

Kirke chegou à Barnes & Noble na 5ª Avenida, entrou e se dirigiu a uma moça com crachá e foi logo dizendo o que queria. Ela seguiu com ele até um ponto da livraria e indicou a seção. Kirke achou facilmente os dois livros bem a sua frente. Sentou e leu umas páginas aqui e ali de um e depois outro. Levantou e circulou um pouco em seu interior e notou em destaque um CD de música sacra que dizia: Giovanni Pierluigi da Palestrina – O mestre da polifonia – século 16 Roma. Algo ali lhe era familiar, mas não sabia dizer o quê! Resolveu levar não por opção, mas porque aquilo parecia se jogar para ele de uma maneira muito forte, intensa. Passou em seguida pelo setor de papelaria e só pegou a fita adesiva. Pagou e deixou a Barnes & Noble.

Kirke seguia de volta na 5ª Avenida para o Plaza. Havia parado de nevar e alguns lugares no chão pareciam mais escorregadios que outros. É só não se descuidar, pensou, afinal já passei por isso de cor. Caminhando, um pensamento aderiu a sua consciência: "Quem eu sou?". Bem, disse para si mesmo, enquanto desviava de alguma coisa, se tudo o que eu sou é ser consciente de alguma coisa, de algum fenômeno, de algum objeto, eu só posso ser Sujeito-consciência, isto é, ser Consciência, porque é tudo o que restou para eu ser. Parece loucura deixar de ser uma pessoa de repente para ser simplesmente Consciência. E imediatamente outro pensamento lhe aderiu à consciência: "Se tudo que eu sou é Consciência, onde foi parar então a pessoa que eu pensava que era?" E um som inaudível lhe disse: "Em nenhum lugar, em lugar algum, porque essa pessoa jamais existiu. Foi sempre uma construção mental, uma invenção tão perfeita do ego para parecer verdade"! Não, isso é loucura, disse para si mesmo. Por outro lado, pode bem ser verdade, porque não seria maior do que a loucura do mundo. Tudo tem que ser possível para se chegar à Verdade. E no final, nada deve restar senão a Verdade!

Kirke notou que o sinal para pedestre estava fechado e um vermelho intensamente vivo, vermelho, crescia a sua frente. Porra, pensou, nunca vi tão vermelho assim. Que estranho! E olha agora esse verde, jamais notei esse verde assim, tão vivo e lúcido como se estivesse a um palmo dos meus olhos. Atravessou calmamente acompanhado de um vento gélido e fino que entrava pelas narinas até se espalhar em seus pulmões, irrigando o sangue de oxigênio. Que sensação estranha, pensou, porém muito gostosa. Nunca havia percebido que essa sensação ocorria em mim, eu devia estar sempre ocupado com outras coisas, sempre comprando o que os meus pensamentos me vendiam, e com certeza exigiam o dinheiro do meu sofrimento, fosse ele qual fosse, mas sofrimento. Não sei com que autoridade digo isso, mas algo não deixa dúvida em mim que é isso!

Kirke chegou ao Plaza e subiu direto ao quarto (...)

...

Na manhã seguinte, já havia providenciado tudo, falado com Marisa, sua secretária, falado com Tony Eloi, seu sócio que o aguardava em Paris, lido os livros dos dois autores, Mooji e Eckhart Tolle e "confirmado" pela internet que esse tipo de "apagão" era normal em situações de grande estresse. Você fica com seus valores e conceitos, mas a crônica da sua vida psicológica, sua memória, entra numa espécie de hibernação.

Kirke Amorim achou tudo isso uma besteira, "hibernação". Estou é livre, sim, de toda essa encenação. Kirke, sem se dar conta ainda, entendera a brincadeira das encenações com as personagens que empreendemos neste Planeta. Amassou o papel no qual havia imprimido a pesquisa do black-out da mente e o jogou no lixo. Olhou para o bilhete do check-in e disse para si mesmo, tenho ainda algumas horas antes de me dirigir ao aeroporto para ir a Paris. Posso fazer o que eu quiser, qualquer coisa. Sair, caminhar no Central Park, ir há algumas lojas, telefonar para algum amigo... Alguém... Mas Kirke se deu conta que não havia ninguém familiar em seu pensamento, não havia memória de ninguém em Nova York. Isso o assustou! (um pouco). De repente, achou tudo maravilhoso. Ninguém para ele roubar o tempo e preencher o seu vazio, e ninguém para roubar o seu tempo para passar o seu. Nisso, Kirke sente um jorro de alegria desmascarando o profano da ambiência das moléculas imprimindo aquele quarto. Não havia mais nele nenhum sinal de vazio existencial, nenhum! Apenas um espaço interior pleno de possibilidades, pleno e macio como um tufo de nuvem que paira solitário sem nenhum esforço mental.

...

Kirke acordou espreguiçando-se de um sono profundo e notou que se esquecera de almoçar. Eram 5hs da tarde e nevava pouco. Pensou, se ficar nisso o vôo sai na hora marcada. Pegou o telefone e pediu um sanduíche de pasta de azeitona, tomate seco com peito de peru fatiado, com uma porção de iogurte natural.

...

Eram 7hs da noite e Kirke entrava no taxi que o levaria até o JFK do qual seu voo para Paris partiria às 23:45.

...

Chegaram rápido e Kirke, apenas usando uma mala para viagens de negócios, seguiu direto ao check-in.

- Boa noite, senhor – pronunciou a atendente num inglês metálico e um sorriso de plástico.

- Boa noite, senhorita – replicou Kirke, entregando-lhe a parafernália toda.

O sorriso de plástico da atendente havia desaparecido e um cenho espremido surgia em seu lugar, enquanto verificava a documentação.

- Ok, senhor, faça uma boa viagem.

Kirke sorriu para ela e se afastou rápido para a livraria, na intenção de comprar alguns jornais e revistas.

Olhou e viu, bem à sua frente: THE BOOK OF KIRKE: "O Livro de Kirke". Capa num amarelo forte, toda expressa em letras na cor vermelha. Estranho nome para um livro, pensou. Meu xará! Do que se trata, será? Ah! Deixa pra lá – falou para si mesmo e foi olhar os jornais e revistas.

...

O avião em que Kirke viajara pousou em Paris, no Charles de Gaulle, um minuto antes do tempo previsto, conferiu Kirke em seu cronômetro. Kirke sempre cronometrava suas viagens, onde quer que fossem. Era como sofrer alegremente de TOC (Transtorno Obsessivo Compulsivo).

Como havia sido combinado, entre Marisa, a secretária de Kirke, e Tony Eloi, lá estava um cara mirrado, magro com pouquíssimos cabelos, semelhante ao ator Woody Allen, com uma plaquinha no peito escrito Kirke Amorim.

Kirke rapidamente se dirigiu a Tony Eloi e se afastaram da li, como que sumindo no ar.

...

Desde que Kirke entrara no taxi, em Nova York, para seguir para o aeroporto JFK, notara que sua respiração estava muito mais leve que antes, e que sua atenção estava focada no momento presente, como a um microscópio eletrônico nas entranhas de uma célula.

Olhava perceptivo pelos vidros do automóvel e notou que tudo estava calmo e vivo; não "estava", "era" calmo e vivo, pensou! Cores intensas surgiam sob a luz nos objetos de uma maneira indescritível, jamais vista antes por Kirke. Na sua juventude, Kirke havia experimentado um "Kissuco" de LSD, em Londres. Nada era tão parecido ao "kissuco" como aquele momento. Tudo era fresco e novo, os objetos fenomenológicos surgiam como se fosse a primeira vez que Kirke olhasse para eles. Qual nada, nunca havia olhado nada de verdade, disse para si mesmo num murmúrio imperceptível.

Seu olhar às vezes cruzava com o do motorista no retrovisor. Era um indiano sobrevivendo como motorista de taxi em Nova York.

- Sei o que estou vendo – falou o homem, olhando no retrovisor, num inglês martelado, porém inteligível.

- Certamente! – respondeu Kirke, sem tirar o olhar da rua.

- Não, não! É sério!

- E o que é sério? – perguntou Kirke, só para ser cordial. Não estava interessado em conversar. Preferia mil vezes o silêncio como pano de fundo a conversas destuadas e barulhentas.

- Conheço desse olhar. Já vi desse em mestres espirituais, na Índia. Lá crescemos trombando com eles. Natural.
Despertos! Entende o que é Desperto?

- Não... Ou sim... Imagino que é estar acordado – disse isso em um sorriso morno e desmanchado.

- Sim! Mas não é estar acordado como o senhor pensa, já deu pra perceber, mas estar acordado por detrás de
estar acordado. Entende isso?

- Não sei do que está falando! – exclamou Kirke.

- Parece que não sabe, mas pensei que soubesse, logo
que vi seu olhar ao entrar no carro.

- Como é isso, eu tinha um olhar e agora não tenho? –
sorriu, Kirke, mostrando agora mais interesse pela conversa, e continuou. – Explique isso!

- Eu não posso afirmar o que lhe ocorreu, mas sei que
lhe ocorreu um mistério que não imaginava existir...

- Continue – pediu Kirke, diligentemente.

- O senhor nunca se sentiu tão presente no momento
presente, atual, agora, como está se sentindo. O senhor está
totalmente presente NESTE momento que se transforma
ininterruptamente em ESTE momento, não é?

- Como pode saber?

- O senhor sabe que estou falando o que realmente o
senhor está vendo. Não é mais humano, agora o senhor é
uma Presença sem ruídos mentais, fuligem...

- Ruídos mentais? – falou Kirke.

- Sim, pensamentos girando, se repetindo, se preocupando. Toda essa fuligem nos cega o Ser e achamos que somos "pessoas, gente, humanos"...

- E não somos?

- Ah! – deu um sorriso e continuou. – O senhor sabe do que estou falando. Sabe, sim!

- Suponhamos que eu tenha uma vaga idéia, o que isso mudaria na minha vida?

- Tudo! – disse o homem -. Chegamos. Faça boa viagem.

...

Kirke Amorim e Tony Eloi conversavam nas poltronas no bar do Hotel Pont Royal. Nisso chega uma atendente com um telegrama e entrega a Kirke:

- Senhor Kirke, isto chegou para o senhor.

- O que é isso?

- Um telegrama – respondeu a jovem, mantendo um sorriso interminável, depois se afastou.

- Ainda usam disso? – indagou Kirke.

- Deve ser sobre a reunião de amanhã – argumentou Tony Eloi.

- Reunião... ? – indagou Kirke, pedindo socorro.

- Ah! Desculpe. Esqueço da sua amnésia temporária. É sobre a compra da "solteira" – falou baixo, depois de se aproximar de Kirke. Solteira significava uma empresa em péssimas dificuldades, tendo que diluir-se na Bolsa de Valores, vendendo o que conseguisse ou então ser o dote do casamento com outra em ótima situação, perdendo assim o controle da gestão.

...

Era meia noite e Kirke continuava na poltrona do bar do Pont Royal, lendo e relendo cada palavra dos escritos de Mooji e Eckhart Tolle. Alguma coisa o atraía àqueles caras. Muito. O que era isso – pensou, enquanto assinava a conta.

...

Kirke havia pedido à jovem se podia lhe arrumar qualquer treco que rodasse um CD. O pedido foi atendido rapidamente e Kirke subiu direto para o quarto.

...

Largou os escritos e tomou do aparelho. Pegou o CD, leu novamente, reflexivo, diligente... Música sacra: Giovanni Pierluigi da Palestrina – O Mestre da polifonia – Século 16 Roma. Algo ali lhe era de fato familiar, mas ainda não sabia dizer. Ajeitou o CD sobre o cristal e ligou. Deixou apenas o sombreado do âmbar do abajur, ajeitou-se comodamente na cama...

Capítulo Três

Eram 7h30 da manhã e Tony Eloi já batia à porta:

- Estou descendo para o desjejum. Espero você lá!

Kirke se espreguiçou longamente, percebendo cada movimento do seu corpo. Em seguida, entrou no banho e se deixou molhar por uma água quente revigorando seu íntimo.

...

Kirke olhou em torno do restaurante e se dirigiu para a mesa na qual Tony Eloi o aguardava, lendo o Le Parisien.

- Estou com fome, você já comeu? – perguntou Kirke a Tony Eloi.

- E muito bem. E aí – falou Tony Eloi –, pronto para mais uma batalha e salvar a "donzela"... Ou deixá-la morrer sufocada?

Kirke comeu o seu desjejum olhando para Tony Eloi, enquanto refletia sobre aquele palavreado todo. Lembrava o que significava e se sentia agora desajeitado com aquele modo de falar, impiedoso, Sr. Sem-medo, calculista, frio, esmagador!

...

- Podemos ir? – disse Tony Eloi.

- Sim, vamos!

(Eles estão indo para a reunião com os principais a-
cionistas, advogados, diretores financeiros, vices e presi-
dentes das duas empresas, a "solteira", a bola da vez caída,
e a outra com tudo em cima – ou coisa assim)!

Ao percorrerem as ruas de Paris, em um Peugeot
clássico negro, Kirke se dá conta que não retinha mais em
suas entranhas a memória emocional do olhar geográfico
de antes, embora sua iconografia poética lhe fosse bastante
familiar. Sabia as ruas, os Cafés, o Louvre, os lugares todos,
mas sem aquele movimento interno de combinações de
sentimentos, vividos outrora nas ruas, nos Cafés, no coração de Paris. Olhava em silêncio através do vidro escuro do
clássico e uma sensação de alegria, sem causa exterior, in-
vadia-lhe a alma e transbordava em uma química no cérebro, sem-igual. Que sensação incrível, pensou Kirke, sem
tirar seu olhar da cidade.

(Esse novo olhar de Kirke, sobre os objetos fenomenológicos, ou seja, situações, pessoas, relações, arquitetura,
negócios, economia, lhe traria uma série de problemas que
Kirke Amorim jamais imaginasse). (Ou não). (Tudo viria a
depender das decisões que viesse a tomar no futuro).

A situação da "solteira", francesa-belga, era tão drás-
tica que, em menos de vinte minutos – o que se pensava
levaria horas – a reunião se dava por encerrada. A "solteira" teve que aceitar o casamento goela abaixo!!

...

Chegaram ao Pont Royal e Tony Eloi foi logo dizendo:

- Decidi voltar hoje mesmo ao Brasil, assim acompanho de perto o leilão das estatais. Você sabe, temos clientes bastante interessados. E você, vai ficar e aproveitar sua "aposentadoria"? Por uns tempos, claro!

- É! – respondeu Kirke, com sorriso no olhar –. Vou fazer isso... Por que não?

- É! Faça isso. Tire o melhor. Vou subir e pegar minhas coisas.

Kirke nem viu Tony Eloi se afastando para o elevador. Estava ali embevecido no lugar, intensamente presente naquele aqui-agora. Olhava o ambiente, detalhe por detalhe, sem questionar, julgar ou formular qualquer tipo de pensamento. Resolveu voltar à calçada e espiar... Ali na calçada a situação da existência era a mesma: O pensamento é tocado pela energia e o corpo-boneco sai falando e andando... Como não via (percebia) isso antes? Eu era Kirke, eu era corpo, este!... Eu era o Sr. Sem-medo, era filho, era irmão, era casado, era pai... Agora sei que nada disso me representa mais. Eu sei que Eu Sou! Sou Espírito, sou Espaço, sou Consciência. Se tudo que nós somos é ser consciente, disse Kirke para si mesmo, consciente disso, consciente daquilo, consciente de nossa casa, de nossos deveres, consciente de ser cidadão, só podemos, então, ser Consciência! Nossa, ser Consciência... mas já! – exclamou Kirke, olhando o porteiro do Pont Royal abrir a porta do Peugeot para Tony Eloi entrar.

O carro de Tony Eloi se distanciava suavemente por uma Paris molhada e fria, não gelada, mas molhada e fria, apenas. Kirke estava radiante, sem nenhuma causa aparente, porque não havia mesmo! Um solzinho morno contornava Paris naquele momento dando-lhe um tom conotativo dourado. Essa Alegria, essa Paz, essa Imortalidade, esse estado único de contentamento erigia do centro da Consciência do Ser de Kirke. Agora Kirke sabia que essa trindade, alegria, paz, imortalidade, sempre estivera ali, nele, aqui-presente, obscurecida pelos pensamentos, preocupações, interesses, medos, culpas, ilusões, desejos. Sem esses ruídos internos, viajando acima da luz em sua cabeça, explodindo em sinapses torradas, o Vazio Pleno ou Deus se fazia totalmente aqui-agora. Então é verdade – pensou Kirke, explodindo em alegria –, a totalidade de Deus está presente incondicionalmente bem onde Eu estou! Nós estamos!

...

Kirke fazia agora uma espécie de peneira ou exame de consciência sobre o relacionamento estabelecido na reunião, sem que nada tivesse sido dito sobre nada, porque ali valia tudo, até mesmo um tiro passional na cabeça, espalhando miolos por toda a sala.

A reunião bastante formal e fria iniciou-se e encerrou-se num efêmero movimento de assinaturas, com-licenciadas até com certo esmero. Enquanto ocorria a movimentação, com certa tonalidade de náusea acentuada, Kirke se distânciara em Consciência, retraindo-se atrás de Si-mesmo, de seu par de olhos, percebendo, não só o seu corpo, mas o corpo de todos os bonecos ali representados pelos senhores distintos, um incrível (se posso dizer assim) insight... É bem isso mesmo, pensou. O pensamento surge concomitante com a energia e o corpo sai fazendo, sob uma mente desestruturada, em frangalhos... É com essa mente que dirigimos nossa casa, nosso automóvel, nosso negócio ou cargo... É com essa mente que criamos nossos filhos... É com essa mente que os nossos representantes mundiais dirigem o Planeta, sua economia, seu bem-estar!

Náusea, pensou Kirke, e lhe veio Sartre, Beauvoir, Camus... Depois O Estrangeiro, O Muro, Idade da Razão e, finalmente, O Ser e o Nada. Sem nenhum esforço entrou em seu consciente a semelhança com a contra intuição de Mooji e Eckhart Tolle. Não teve dúvida, os existencialistas andavam fora de moda há décadas, pareciam empoeirados, haviam se esquecido da primavera da Universidade, na qual tudo era novo e fresco, e com muita energia de inovar para o bem comum, lucro correto, colaboradores (empregados) satisfeitos. Mas, hoje essa primavera não passa de um sonho de corpos inseguros; medo, impotência.

Ninguém dali, a não ser Kirke, estava realmente ali. Ou estavam remoendo um passado doentio ou se reverberando em um futuro tenebroso, mas jamais estiveram ali (aqui-agora) naquela reunião. Se pudéssemos medir, em toneladas, a energia dispensada através dos pensamentos que se contrapunham, trombavam ou se assemelhavam naquela sala, teríamos um aproximado de algumas toneladas. Revertendo isso em energia radiante teríamos o suficiente para se fritar um ovo. Ou dois. Ah!

Capítulo Quatro

Kirke acordou cedo ... Saiu para caminhar por Paris ... Na primeira livraria "LE LIVRI KIRKE"... Tinha uma capa crua em tom de areia e dizeres em dourado. Estranho, pensou, não consta na capa o nome do autor. Tomou dele para uma olhadela, mas desistiu. Não sabia por que relutava tanto em abri-lo, mesmo porque não podia ser ele. "Kirke" queria dizer muita coisa, havia muitos "kirke's" espalhados pelo mundo. Conhecera um e outro nos países baixos e nos arredores. Em Antuérpia e Bruxelas na Bélgica, em Copenhagen na Dinamarca e Amsterdã na Holanda, também em Budapeste na Hungria e Estocolmo na Suécia, e teve mais um em Viena, na Áustria. E Kirke nunca foi bom em redação e jamais teve um dia sequer vontade de escrever algo além de números.

Nem entrou na livraria como fazia de costume, continuou caminhando ociosamente, mas havia notado já que os Cafés de Paris, principalmente os de Montparnasse e Montmartre, não mantinham mais o cheiro dos anarquistas, dos existencialistas, dos poetas e escritores como, Ernest Hemingway, John Steinbeck, Albert Cohen, William Faulkner, Thomas Mann, André Breton, Bertolt Brecht, Samuel Beckett e outros mais.

Kirke foi reconhecido por um casal de amigos e fez de tudo para disfarçar o blackout de sua mente. Contornava aqui e ali com as palavras aguardando uma pista qualquer que lhe revelasse os nomes. Mas foi em vão. O casal se despediu e Kirke continuou sua caminha como se aquele encontro nunca houvesse acontecido. Mas se lembraria deles a partir daquele momento.

Kirke não era chegado à literatura "normal", os romances e poemas. No entanto, gostava de ler e diversificar sobre "la belle epoque" (a bela época) de Paris, era como ter estado lá, sentido o cheiro dos Cafés misturado a charutos, cachimbos, cigarros e rolhas de vinho. Kirke não sabia, mas era atraído para essa época, esse estilo, charme tão condenado hoje pelos naturalistas. Nada contra, sou sempre a favor – dizia Kirke, sempre.

Kirke comeu um lanche e resolveu continuar sua aventura por Paris sem voltar ao Pont Royal. Tão logo viu a sua frente a inspirada pirâmide de vidro, combinando o passado com o pós-moderno, seguiu direto e se embrenhou no Museu do Louvre.

- Bom dia, senhor – disse o homem, na entrada.

- Bom dia. O hotel me deu este cartão de plástico, imagino...

- Sim, senhor, por aqui. É só seguir reto.

Era uma maravilha atrás da outra. Infinitamente belas e impagáveis, as telas se projetavam sobre a retina atenta, distinta, apurada. Não era novidade para Kirke, mas a beleza é sempre novidade!

Kirke havia aprendido a ler as linhas e circunferências que moldavam as pinturas, dando-lhes verdade íntima e, ao observador, o sentimento de bem-estar proporcionado pela verticalidade simétrica.

Botticelli, Goya, Monet, Manet, Rembrandt, Renoir, Ticiano, Toulouse-lautree, Dali, Michelangelo, Picasso, Van Gogh, Gioto, Gorky, Degas, Juan Gris, Titian, Debret, Delacroix, Miró, da Vinci... Minha nossa!

Kirke deixou o Louvre e seguiu direto para o Pont Royal, alguns minutos de onde estava.

...

Telefonou para sua secretária no Brasil colocando-a a par de sua decisão de seguir da França para a Índia, em Rishikesh. Não falou em tempo de permanência nem em negócios.

Rishikesh é uma cidade como tantas outras na Índia. Confusa o bastante em seu trânsito e em sua ambiência, na qual tudo está milimetricamente certo e errado, ao mesmo tempo regidas pelo Universo, como se fossem cenas de rua em Hollywood, na qual tudo é ensaiado inúmeras vezes antes de se filmar e, mesmo assim, algo sempre sai errado, tendo que refazer tudo novamente. Em Rishikesh não! Era tudo feito de primeira tomada, sem ensaios e sem volta, simplesmente porque em Rishikesh a impermanência ocorre a cada instante na ponta do seu nariz. Em Rishikesh, tudo, absolutamente tudo, se desfaz na sua frente, você percebe o aqui-agora se transformando na retina dos seus olhos. Vacas e bois transitam entre pedestres e automóveis, entre eles mesmos e o comércio. O espaço (ou chão) que esses animais ocupam é sagrado, porque espaço É Consciência, é Deus, é Bhrama, é Budha, é Cristo. Nele, só Consciência existe, não há espera! Só Silêncio existe! Eles sabem que a Graça vive só, porque somente a Graça existe! Isto é, a Perfeição na imperfeição!

...

Logo de cara Kirke conheceu um homem, holandês, que ficou conhecido como "Holandês", magro, cabeça raspada e muito falante, dividiram o mesmo taxi até o hotel, privilegiados dos apogeus antropológicos, iconográficos da Índia pré Mahatma Gandhi. Charmosa, silvestre, religiosa e separada por castas, indiferente a segregação cultural de sua própria pirâmide sociológica, isto é, nem tudo na Índia era diametralmente oposto ao Ocidente, no que se refere à serviência ao poder.

- Os Illuminates que o digam tal semelhança - enfatizou o Holandês, inquieto, gesticulando –, se de fato mesmo eles existem e controlam tudo.

- Ah! Illuminati é uma besteira – retomou o Holandês, passando a mão no suor da cabeça –, é só uma palavra enigmática em sua própria crença, caracterizando homens impiedosos da economia mundial. Hum! Titica!

- Bom... Tudo bem... – tomou de novo seu raciocínio holandês – Fala-se muito e muitos falam sobre os Illuminates. Falam dos Kennedys, dos Rockefellers, do Conselho das Relações Exteriores, falam até da Igreja!

- Falam! - exclamou o Holandês. – Mas as provas substanciais... Onde estão? O You Tube só não é suficiente, a internet não é confiável. As *fake News* estão por aí o tempo todo. Seus vídeos e textos baratos, inventam, compilam, editam alterando o contexto. Fazem de tudo para parecer verdade ou, então, gerar descrença. Como saber o que é verdade?

- Verdade! – disse Kirke. – Para bater o martelo é preciso mais.

- Ou então a descrença é parte da conspiração, já é o sistema! – exclamou o Holandês. – É como o diabo, que conta com a descrença, para agir tranquilo. Ouvi isso da boca de um cardeal. Quem sabe?

- Quem sabe – respondeu Kirke.

Capítulo Cinco

Rishikesh, Índia 2014

Kirke estava um bom tempo, já, sentado com outros tantos no Satsang em almofadas no chão, à espera do Mestre ou professor espiritual, no caso um Advaita Vedanta – uma linhagem do hinduísmo, se é que posso dizer assim.

...

"**Satsang** (sânscrito sat = verdade, sanga = companhia) traduzido como "Encontro com a Verdade [ou consigo mesmo]", vem das tradições orientais e geralmente é utilizado em referência a sentar-se junto a um mestre iluminado (ver também: guru ou Budha); Aquele que realizou a Verdade e realiza o apontamento àqueles que vão à sua presença. – Wikipédia" – Kirke dobrou o papel e o guardou em seu bolso, enquanto se dirigia ao Satsang.

...

Rishikesh, Índia 2014. O tema era: Momentos e Insights:

O lugar era pequeno, jardim, árvores, plantas e o salão do Templo. Dezenas de pessoas transitavam e outras dezenas aguardavam o Mestre, aprumadas em almofadas no chão.

O Mestre entrou... Olhou silenciosamente por alguns segundos a todos, fez reverência "Namastê" em silêncio e, em seguida, disse:

- Namastê!, bem-vindos ao Templo hoje. O que vamos falar... O que vamos conversar...

Olhou... Olhou... Olhou... Apontou um discípulo e ouviu sua colocação com muita Presença!

- Mestre, eu estou com medo – disse o discípulo –. Acho que estou morrendo, me ajude a morrer sem medo!

- Muito bem! – recomeçou o Mestre, depois de uma breve pausa para ouvir. – Antes de qualquer coisa, preciso dizer rapidamente que, na maioria das vezes, em que a pessoa se compromete com uma autêntica exploração em sua natureza de Ser ou Verdade, sua verdadeira inquirição faz com que fragmentos mentais comessem a vir à superfície e bóiem como massas fecais em uma fossa a céu aberto e, com isso, tudo passa a ficar meio estranho, e manifestação de tipos variados de ilusão surge. Você pensa 'Estou ficando louco, meu aspecto humano não pode ser tão sujo e nojento assim. Algo deve estar errado comigo'. Não, não está – falou o Mestre, olhando o discípulo. – Para se fazer uma autêntica faxina, é normal que tudo fique mesmo meio confuso, sujo, turvo, malcheiroso... Depois tudo é percebido como espaço e frescor, porque o claustrofóbico se foi. Acredite! Confie!

"O que você disse – falou se dirigindo ao discípulo –, não é absolutamente fora de questão e nem tampouco estranho que sinta isso. Muita gente sente e logo se apega ao desespero, achando que vai morrer 'Eu vou morrer – dizem – Eu vou morrer'. Começam a se sentir assim... É normal... Elas me escrevem narrando todo tipo de sensação de morte, e eu digo a elas: bem, todos nós vamos morrer para esse nível de consciência um dia, em algum momento, se preferir ouvir assim. Mas não é o seu morrer, mas o morrer do irreal, do falso!"

"O que ocorre é que algumas tendências nossas, arraigadas profundamente e o mesmo das ilusões, estão sendo decepadas de crenças na nossa mente. Essa mitologia toda, que serviu a você para que o primeiro passo fosse dado, tem que ser agora deixada na outra margem, porque já serviu ao seu propósito. Tais tendências ilusórias são o reflexo que vimos desenvolvendo do velho estado de crenças e pensamentos, para a nova Consciência Desperta, não condicionada, não identificada com a antropologia mitológica dos nossos ancestrais. Um pequeno salto desses é o suficiente para a mente reagir com todas as suas trapaças e seu ego todo esperniante, tentando desesperadamente a todo custo lhe vender suas sugestividades ou hipnotismos *amansa-cavalo-xucro*. É certo que algum efeito ocorre. Mas são apenas pensamentos sem realidade alguma, embora você sinta e sofra como se fossem reais. Na verdade não há ninguém ali de verdade, mas um pensamento de 'eu' que fala em sua mente, um sofrimento de 'eu' que sofre o sofrimento imaginário. É tudo mental, projeção, holografia, isto é, o sofrimento sofrendo, a raiva se enraivecendo, o ódio odiando e até o amor humano amando, por certo tempo. Tudo passa, nós, nossos valores, gostos e energia. É uma espécie de morte, apenas, mas a morte verdadeira da morte ocorre na forma, que se dissolve. A Vida sutil e verdadeira, não morre".

"Confiem! Eu sei o caminho, eu fiz esse caminho e conheço os atalhos desse labirinto, e sei como desmascarar o irreal! Esse fogo que não queima o corpo irá queimar o que VOCÊ não é, ou o que não é VOCE! como: pensamentos, sentimentos, traumas, mágoas, emoções, sensações".

"O mesmo você está vivendo agora – continuou o Mestre se dirigindo ao discípulo. – Muitas coisas vêm para distraí-lo de 'chegar' ao 'Lugar', que é teu verdadeiro Ser, do qual você tudo vê e percebe, o 'Lugar' no qual VOCÊ (sem o você-eu-criado, o pequeno 'eu' mesquinho, medroso), é o conhecedor do conhecimento. Esse 'Lugar' é conhecido também no cristianismo como 'O Esconderijo do Altíssimo' ou 'Refúgio'".

"Existe uma vertente de nossas mentes, nossa natureza animal racional, que, através das eras, congelou identificada com o corpo temporal e receia que o tempo se esgote rápido. É assim – continuou o Mestre – que o medo se instala e se apodera como pensamentos cegos, dirigindo a carruagem. É senão a interpretação errada, equivocada, substanciada de fragmentos traumáticos e doentios, que está acontecendo em VOCÊ, assim como o filme acontece na tela, mas a tela não é nem o filme nem o seu conteúdo. A tela simplesmente é o lugar onde as imagens fenomenológicas surgem e depois desaparecem, sem sequer arranhá-la. Não! – exclamou o Mestre, olhando fixo para o discípulo. – Você não está morrendo. Na verdade, está voltando à vida, está Despertando de ser um cego, um coxo, um epiléptico, um paralítico, um endemoniado..."

O Mestre parou por um instante e permaneceu olhando cada um dos presentes... Depois continuou. – Vivo não significa que seu corpo vive biologicamente; vivo implica ser consciente de que você é Integral. Seu conceito de corpo e de vida vai morrer, um dia, pode ser hoje, agora! Mas a Vida que você É, não, ESTA é imortal!

Kirke estava lívido com a sincronicidade de sua nova vida, com o que estava sendo dito, ali, com autoridade e consciência por aquele amado senhor e Mestre.

"Você não é somente o 'isso' que está respirando – continuou o Mestre. – E pensa! E fala! E anda... Você não é só isso... Você funciona mais como um campo de totalidade... Há algo saudável acerca de você; mas vazio também, no sentido de Vazio Pleno de Potencial. O que deixa tudo confuso para o neófito (iniciante) é o que está aparecendo como forma ou expressão da Consciência, ou seja, 'você-o-pequeno-eu', sua forma, seu nome, sua construção psicológica, para que a expressão da Consciência exista fenomenologicamente. E o que nasce! E o que morre! E o que surge e desaparece como pensamentos. Essa aparente confusão – porque a Consciência se confundiu com sua criação – não é senão nossa autoimagem, ego, personalidade, a ideia – a ideia – que temos de quem achamos que somos... Não se trata de um acontecimento, e, sim, especificamente, de uma incrível descoberta, e você terá que descobrir seu verdadeiro Ser. É sua tarefa mais importante na vida, o resto, ser filho, ser irmão, ser primo, ser casado, ser pai, ser profissional, ser cidadão e pagar todas as contas, é só para passar o tempo enquanto estiver caminhando nesse corpo, dentro da sua consciência (e não no chão), para a inevitável descoberta: 'O que Eu Sou'! Não quem, mas o que Eu Sou, que é sem culpa, sem vergonha, sem time, sem horóscopo, sem religião, Aquilo que não depende dos astros, o que não molha, não queima, nem é alto nem baixo, nem branco nem negro e nem verde... Nem gordo nem magro... Sem rosto, sem lado, sem idade, sem preferências porque tudo é VOCÊ. É muito importante que isso fique bem claro... Confie!

Mesmo que durante um tempo você ache ou sinta que não é nem ovo nem pintinho. Esse vácuo existencial vai mudar e ser substituído por um Vazio Absoluto e Pleno de Potencial... Meu amigo eterno, Papaji, afirmava com autoridade pura que, ao saber que a Consciência é a mãe original, ela lhe trará Alegria, Paz, Imortalidade – imortalidade do Ser consciente, do Budha ou do Cristo onipresente! Aquilo que é eternamente puro, sagrado e não pode ser corrompido, maculado."

"Todo ser humano tem essa natureza eterna... Na verdade ele É essa natureza sem-tempo, aparecendo como energia condensada ou matéria. E todo o resto dessa aparência é composto de matéria sutil: pensamentos, sentimentos, emoções, sensações e fragmentos sensoriais."

"Em Satsang – falou o Mestre –, essa natureza eterna, sem-tempo, está sendo revelada porque estamos descortinando a identidade corpo-mente para ver por detrás. E 'detrás' é o 'Lugar' e está no Espaço – não estou falando do oxigênio e suas variações, mas o Espaço que é Consciência, no qual tudo surge e desaparece, todos os fenômenos incluindo seu corpo, seu nome, seus pensamentos, suas ações... Tudo muda, tudo passa, só o REAL permanece: observando, percebendo, expandido, imóvel. E se assim é, não temos para aonde ir, já somos no Fim, na Essência, TUDO!"

"Inicialmente, algo tem medo de ser visto, desmascarado, remanejado de seu ponto de controle (a morte do ego, a morte da autoimagem, a morte da autoestima dependente, a morte da personalidade, a morte de quem você pensava que era, a superfície da nossa expressão."

"A Consciência ou Deus assume todas – todas – as formas de vida. Só Consciência existe ou só Deus existe. Não há vida humana, pessoal para ser vivida. Há somente Vida ou Deus aparecendo como multiplicidade. Somos muitos nas aparências, mas UM, ÚNICO, UNICIDADE na essência! Somos UM! O Uno no todo e o Todo no UNO!"

O Mestre – o Mestre – continuou falando e respondendo às solicitações, dúvidas e argumentações, durante quatro horas seguidas, sem se levantar, sem se inquietar, sem fazer o que os rins decidiram: o xixi!

Kirke olhou para o Holandês e ele estava como que hipnotizado, absorto completamente no aqui-agora. Então, percebe a invasão da energia, através do foco da consciência de Kirke, olha suavemente na sua direção, sorri e volta-se para a direção do Mestre.

...

Uma semana depois, Kirke e o Holandês seguiram para as montanhas dos Himalaias, em seu sopé, e lá permaneceram por quatro dias. Meditavam, caminhavam, se alimentavam o suficiente apenas, não tomavam banho, mas meditavam. O silêncio era a voz interna, sem monólogos, sem ruídos mentais.

- Kirke – falou o Holandês. – O silêncio nas escaladas solo tem esse tom, esse zumbido?

Kirke olhou para cima, para o alto da montanha mais baixa e notou o sobrevôo de um gavião. Observou-o por alguns segundos e voltou-se para o Holandês:

- Não! – exclamou Kirke. – Nunca soube que existisse tamanho silêncio dentro da minha cabeça, como agora!

- Chega a ser assustador, não é? Ficar só consigo mesmo!

- E como – respondeu Kirke, depois de uma expiração nasal – E como! – completou sem olhar para o Holandês. Kirke não queria falar das escaladas, de Wall Street, de Nova York e muito menos de São Paulo, no Brasil. Tudo o que Kirke queria era estar ali, presente como nunca em sua vida, Aqui-Agora, apenas existindo, sendo, sem esforço.

Capítulo Seis

Desde que a mente de Kirke sofrera o apagão da memória psicológica, sobrando intactos apenas os conceitos que agora só eram usados como modo de linguagem, expressão, cada dia notava mais que seus pensamentos haviam diminuídos o suficiente para lhe dar aquela sensação de paz que transcende todo o entendimento. Era uma paz que nunca havia sentido. Tão diferente que o nome paz nem significava mais nada. Tão quase absoluta quanto o frio e o silêncio do espaço que acomoda as Galáxias. Era uma paz tão incrível, tão amplamente percebida, que Kirke podia experimentar qualquer fenômeno sensorial que nada interferia nessa paz. Nada! – pensou. Se Descartes descobriu "Penso, logo existo", Kirke fora descoberto por uma audiência divina, que sublimava tudo contido nessa imensidão espaçosa, vazia de pensamentos ou ruído mental, mas plena de potencial de Vida amorfa, porém mimetizando a Si-mesma em todas as formas de vida, numa dinâmica incansável da criação, que projeta a Si-mesma nas formas e nomes, gerando a existência do existir como energia condensada: matéria e todo o Universo sutil mas também percebido.

Naquele momento (era um efeito), a vida normal, cotidiana, não fazia mais sentido para Kirke. Sim, pensou, tenho que continuar pagando as contas, indo todos os dias para o meu brinquedo de adulto e hobby, a Corretora de Valores na Avenida Paulista e o prédio da Bovespa (Bolsa de Valores de São Paulo) no centro da cidade; e, vez e outra, Nova York em Wall Street. Mas nada disso tinha mais valor em seu juízo de valor. Tudo fora esvanecido assim como a Lua em pleno meio-dia não exerce, além de sua beleza, nenhuma outra função para a superficialidade humana.

O Holandês havia deixado os Himalaias, na Índia, e seguira rumo ao Sri Lanka. "Venha quando quiser a este lindo País, vou estar te esperando. Pretendo permanecer por aqui por um ano... 2001 Uma Odisséia no Espaço... lembra-se: Stanley Kubrick e Arthur C. Clarke ... O Mistério ainda fala por aqui, ah-ah-ah!", dizia o bilhete colado na entrada da barraca de Kirke. Depois de ler, Kirke deu risada e guardou o bilhete no bolso do blusão.

Kirke retornou a Rishikesh e insistiu em uma entrevista com o Mestre, e foi atendido.

Depois de mencionado tudo, sem omitir nenhum detalhe se quer de seu "apagão" em Nova York, o Mestre e Kirke riram muito, um para o outro, reconhecendo um vislumbre, um pequeno Despertar na consciência de Kirke e disse: Meu amigo, eu acho isso muito bom, muito benéfico, porque você não está aqui para ser o Sr. Sem-Medo, e, sim, para descobrir a coisa mais importante da sua vida, que não pode ser feita com a mente utilitária. A mente serve para tudo na vida, menos para o que é vital: O que Eu sou... O que VOCÊ é sem o "você-personalidade-mente-corpo-ego"... Você já deve estar desconfiado, portanto intuindo que você não é seu corpo e tudo que pode ser conhecido por você, mas que você é Aquilo que conhece os fenômenos da existência; isso implica descobrir que você é ESPAÇO, SER, IMENSIDÃO, INFINITUDE, CONSCIÊNCIA ou Um com Deus – ou Universo visível e sutil.

Só de estar na presença do Mestre, que sabe a Verdade por experiência própria, portanto não vê nenhuma pessoa, mas o Ser brilhando dentro de tudo e todos, toneladas de lixo psíquico despencaram da mente de Kirke esvanecendo-se. Era notável a alegria que o estado de Presença provocara em Kirke, e Kirke sabia por intuição que não havia mais volta, ou seja, Kirke era mais um que saltara para fora da mente coletiva, utilitária, dentre os noventa e oito por cento da população mundial, que ainda vivia para pagar constas, trabalho e ilusões com suas representações usuais de pai, profissional, filho, irmão, cunhado... Blá, blá, blá, blá, blá!

De volta ao hotel, Kirke deitou-se na cama e se fez a pergunta trivial de todos, cuja mente não aceitava: "Está bem, mas agora faço o quê... com meu pequeno despertar... Subo numa árvore, vou fumar haxixe... Fico olhando pro teto... E lhe veio uma pergunta: "Do que as mulheres gostam"... e recebeu o insight imediatamente: "O que as mulheres gostam é um pensamento falso que sua mente lhe vendeu sua vida inteira... Elas não gostam do que você sempre achou que elas gostassem, era só uma ideia na sua mente... As mulheres gostam de muitas coisas e de modos diferentes, e os homens também"... Kirke entendeu direitinho, justinho e se pôs a rir que não agüentava mais de tanta dor no músculo estomacal, lembrando de quantas frases feitas repetia ao mundo sem mesmo se dar conta de que nenhuma delas era verdade e tampouco serviam para ele... Como fui idiota, pensou, acreditei minha vida inteira em uma farsa da mente, construída para parecer verdade... Que idiota! E quantos argumentos usei, sem mesmo acreditá-los, só para ter razão... Que idiota... Minha mente me sacaneava e me fazia seu escravo o tempo todo... Que idiota, meu deus, que idiota!

Capítulo Sete

Kirke acordou por volta das cinco da manhã, havia dormido de roupa e tudo... Sem sono e revigorado, sentou e meditou por vinte minutos aproximadamente. Depois, levantou-se e foi ao Banho.

...

- Alou – falou Kirke.

- *É sua mãe, Kirke meu filho.*

- Oi mãe, como está a senhora...

- *Eu estou bem. Olha, vou embarcar com sua tia Luci para Roma. Vamos ver o Papa Francisco... Vamos a Assis também...*

- Como assim "Francisco", e o Bento 16, morreu?

- *Você ainda não se lembra, não é...*

- Não, o quê...

- *Depois eu lhe conto, estou fazendo o check-in. Tchau!*

Papa Francisco, disse kirke para si mesmo, quem será dessa vez... E o que aconteceu com o anterior...

- Alou – disse Kirke em outra chamada.

- *E aí, meu camarada – falou a voz do outro lado.*

- Holandês!! – respondeu Kirke, com largo sorriso.

- *Sim, meu nobre amigo. Sri Lanka espera! Quando vem...*

- Não sei se vou, se fico, se me caso ou se me compro um sapatinho azul...

- Cara, não alucina, não. Esse contentamento vai diminuir sua intensidade, a Consciência fará o ajuste... Aguenta firme. Olha, vem pra cá assim que se decidir. Relaxa no Ser, porque o que tiver de acontecer acontecerá. Nem de morrer você nunca teve medo. O que seria mais incógnito e ambíguo ao ser humano... Abraço.

Sapatinho azul, disse Kirke para si mesmo, de onde veio isso...

Capítulo Oito

Eram 12 horas (e o avião de Kirke pousava em...), (e kirke chegava para mais um satsang), (e Kirke chegava de trem a Bombaim...), (e Kirke...).

Kirke estava confuso, indeciso, não sabia como escrever o primeiro capítulo de O Livro de Kirke...

E novamente...

Quando Kirke... No tempo em que Kirke...

Não adiantava! Por mais que tentasse, Kirke não sentia o jorro da inspiração vibrando e escorrendo pelos seus dedos, no teclado de seu Notebook...

...

O alarme de SMS do celular tocou e Kirke pode ler: "Sabemos que vai haver um terremoto no Nepal. Sem provas científicas senão por revelação. Os mestres sabem, mas sabem que o que deve acontecer, acontecerá. Nada pode evitar isso "HOLAND...".

Droga, acabou a bateria! – exclamou Kirke, com um tom de ansiedade. – Preciso carregar!

Kirke deixou o hotel e foi caminhar nos arredores, desejava bisbilhotar nas pingências locais: roupas, corantes, incensos, anéis, pulseiras, livros, CDs... Olhava de tudo com muito zelo, pois queria apreender dessa magnitude antropológica.

De repente, o chão e tudo ao redor começam a tremer. O solo sob Kirke racha profundo e faz uma fenda de quilômetros de comprimento. Várias fendas se formam uma ao lado da outra, como rasgos desfiados. Todas as pessoas que trabalhavam e andavam por aquelas ruas despencavam em horrores e gritos, num profundo sem-fim. Kirke tenta se agarrar a uma das barracas de bugigangas, mas desce junto com ele para o abismo, tudo e todos dali...

Não havia mais o que fazer senão aceitar ou enlouquecer de horror!

Nesse caindo de Kirke, todos se entreolhavam no ar e sabiam que iam morrer, e sabiam que não havia mais tempo para nada mais, apenas rezavam alto e clamavam ao Deus que não fosse demais dolorido, que morressem antes de baterem no chão ou se espatifarem nas paredes que passavam rentes aos seus corpos e em altíssima velocidade. Kirke jamais imaginou uma morte tão horrível assim... E gritou! Gritou!! Gritou!!!

Ensopado, Kirke acorda no chão mantendo as duas mãos aferradas em um dos pés da cama em que ontem fora dormir de roupa e tudo!

Depois de um banho relaxante e um excelente desjejum de frutas com iogurte, Kirke deixou o hotel e foi caminhar agora de fato nos arredores daquela curiosa iconografia, desejava bisbilhotar nas pingências locais: roupas, corantes, incensos, anéis, pulseiras, livros, CDs... Olhava de tudo com muito zelo, pois queria apreender dessa magnitude antropológica.

De súbito Kirke se deu conta de que havia sonhado que escrevia O Livro da sua vida. Estranho, pensou "Namastê"... "Namastê" – respondeu, Kirke, a um conhecido do satsang que cruzara seu caminho -, muito estranho... O Livro da minha vida. INSIGHT: Claro! Claro! Claro! O mundo sou EU mesmo. O mundo não é real como eu vejo. O mundo é real como Eu sou. Eu estou criando minha estória NESSE momento sempre! Eu Sou ISSO! – Disse Kirke, para si mesmo, em alto e bom tom, que vários indianos respondiam ao mesmo tempo: "Namastê", "Namastê", "Namastê"!

Capítulo Nove

Vem, Inspiração, vem! Eu Sou! Disse Kirke para si mesmo, em alto e bom tom, que vários indianos respondiam ao mesmo tempo "Namastê", "Namastê", "Namastê. A cena se repetia de novo e ecoava no espaço aberto do seu coração. Duas vezes idênticas – falou Kirke para si mesmo – Duas vezes, repetiu. Duas vezes! Isso quer dizer... Não sei! Não sei o que quer dizer!

Depois disso, Kirke sumiu por uns tempos e não foi mais visto nem em Paris, nem em Nova York, nem em São Paulo, nem em lugar nenhum na Índia.

Passado algum tempo, Kirke recebe uma ligação do Holandês e resolve atender:

- Alou – falou Kirke.

- *Você está vivo!* – *respondeu-lhe o Holandês com um sorriso audível.* – *Finalmente!* – *completou.*

- Por que todo esse espanto, sou maior, operado da fimose e dono do meu nariz – disse lhe, Kirke, gargalhando sua extroversão divertida.

Certa noite, no Himalaia, kirke achou de bom tom deixar com o Holandês alguns de seus contatos, apenas por precaução...

- *O que tem feito* – *perguntou o Holandês.*

- Reli O Velho e o Mar – respondeu Kirke...

- *O que está fazendo aí, agora?*

- "Aqui", você quer dizer!

- *Ainda gosta de salmão com caviar?*

- Não, não vou, não. Estou escrevendo um livro, meu livro, quero dizer. Isto é, por hora estou fazendo anotações por conta, ainda não é um livro, você entendeu.

- *Para com isso, você não é escritor. Nenhum alpinista de Wall Street pode se tornar em um escritor. Nem a duras profecias* - e soltou uma larga gargalhada, e completou – *Quando quiser é só vir, "escritor"* - e desligou.

Na verdade, Kirke estava no Sri Lanka desde seu suposto sumiço, vizinho de aldeia do Holandês, sem que o Holandês soubesse. Pretendia voltar à Índia, talvez... Sentia falta de Nova York e de sua luminosidade exacerbada e achou isso muito estranho... Paris não refletia em seus pensamentos, tampouco a cidade de São Paulo, mas Nova York, pensou, Nova York... Não sei... Algo me puxa para lá nesse momento... Mas o quê? Por quê? E pra quê? Vou ou não vou, meu Deus... Que dúvida terrível, cruel, viver assim, dividido, partido ao meio. Não estou contente!!

Capítulo Dez

O avião de Kirke pousou no JFK, em Nova York, por volta das 13h20 daquele dia de final de inverno, que mais parecia início de outono do que final de inverno mesmo.

Esperava pela bagagem ao lado de uma mulher que o cumprimentou em inglês e, em seguida, repetiu o cumprimento em espanhol, depois voltou novamente ao seu inglês arfado, ao falar com uma senhora ao seu lado que lhe pedira algum tipo de informação.

"Linda mulher", pensou Kirke, e rapidamente sentiu o impulso de convidá-la para um café, mas desistiu sem entender exatamente por quê, não era do seu estilo deixar essas coisas pra lá. Não! Porém, permaneceu olhando com o canto dos olhos seu pairar poético e doce da sensualidade *Yin* que flanava feminina bem ao seu lado.

De repente "Zoum" ouviu-a aceitar o convite feito apenas pela intenção do seu pensamento.

- Eu aceito seu café – disse-lhe a moça, tomando da pouca bagagem já. Kirke olhou espantado com tal sincronicidade, que nada respondeu além de um "Será um prazer, mas eu pago". - falou Kirke tentando disfarçar um ligeiro mal estar que o deixara um pouco zonzo.

- Obrigada – disse Isabel.

- Não por isso – respondeu Kirke, como sempre o fazia nessas situações sociais.

Já à mesa e enquanto a garçonete servia, Isabel se adiantou:

-Ele precisa que você vá a Potosí, na Bolívia. Parece que com certa urgência. Ele precisa do seu quarto elo para fechar o quadrado. E é você, ele diz.

- Sim, Potosí, mas ele quem? Quem é você? Como soube que eu pensei em convidá-la para um café? O que é tudo isso, afinal? Eu conheço você?

- Conhece Potosí?

- Há quatro mil metros de altitude cravada sob a Cordilheira dos Andes... Já fui mochileiro na juventude, eu acho... Ou coisa assim. Mas quem é ele, onde ele está? E quem é você?

Isabel sorriu com aquele ar doce, saboreando uma inteligência sempre atraente e completou sua expressão corporal com uma frase incógnita, quase não dita propriamente, porém dita:

- Ele é Você, sem aquele "você" ou pequeno "eu", que ainda carrega fazendo escolhas por Você, entende?

- Ah, lá vem de novo as surpresas do Universo.

- Você entende, sim. Só não resista. Zium, zium,

- É... Bem... Não exatamente. – falou Kirke.

- Enquanto o ego dominar, ainda é "você" personalidade – falou Isabel. – Sem o ego, é só Você apenas: puro, consciente, vazio, silencioso. Consciência!

- Confesso que não entendi, exatamente. Tudo isso... Essa coisa do ego, tudo é muito recente pra mim; no entanto, sei que tem algo aí pra eu acreditar. Mas não posso simplesmente ir a Potosí porque simplesmente uma linda estranha e seu *guru* invisível...

- Obrigada – falou Isabel, natural e sorridente.

- Não seja por isso, sabe que é bonita – exclamou.

- Eu sei – respondeu Isabel – e não fico acanhada. Mas continue!

- ...E seu *guru* invisível, simplesmente me pedem pra ir! Você faria isso? No meu lugar você iria?

- Confie! Nem saia do aeroporto, vá para Potosí. Não há nada para você em Nova York nesse momento. Confie!

- Na Bolívia! – respondeu Kirke, com certo desânimo.

- Quanto mais amargo o remédio, mais suave a febre se escoa. É uma frase feita, mas funciona às vezes. Vai por mim, isto é, por você – disse e sorriu.

Kirke permaneceu um tempo olhando para o nada, refletindo talvez essa conversa insólita com Isabel.

- O que você faz? – perguntou Isabel, rompendo o silêncio com sua voz que deixava Kirke meio sem chão.

- Um monte de coisas. Sou bem sucedido! E você?

- Chancelaria. Carrego pastas de um lado pro outro o tempo todo.

- Hum! Gosta da diplomacia!

- Adoro. É meu hobby perfeito. É onde eu afio minha espiritualidade persistente.

- Deve ser interessante carregar pastas de um lado pro outro todo o tempo, todos os dias – disse Kirke num tom de brincadeira.

- Nada de interessante. Mas o que elas contêm, sim.

- E o que elas contêm... pode me dizer, se quiser?

- É confidencial, meu amigo. Tenho que ir. Foi um prazer tomar café com você, Kirke.

- Não me lembro de ter dito meu nome a você... Isabel, não é?

- Eu digo o mesmo. Não disse meu nome a você... Mas é Isabel, sim. Bingo!

- Como ele é?

- Quem?

- Vocês conversam e ele simplesmente está por aí, no ar, invisível... "Oi" – disse Kirke ao invisível – "O café é por minha conta, senhor 'sei lá'. Pode aparecer...".

- Eu simplesmente os vejo e ouço o que dizem, e transmito isso às pessoas... O resto é com elas.

- Como "esse ele" é?

- Um índio Inca, ele está se identificando assim.

- Não disse o que quer?

- Não! – falou Isabel, já se levantando – Até, Kirke, quem sabe por aí.

- É! Quem sabe.

- São espíritos, Kirke – sussurrou –, expressões ou arquétipos do Universo. É sério! Querem alguma coisa de você. Muito, provavelmente, o que lhe for revelado lá, vai ser o esteio para a cura de suas emoções inferiores, ancestrais, doentias, ele que disse, acabou de dizer.

- Como sabia o que eu ia perguntar?

- Não sabia – deu um tchau de longe e sumiu embrenhando-se em meio ao volume de pessoas.

"Zoum". De novo esse zumbido. Sou muito novo para ter problemas com a pressão, disse Kirke para si mesmo, deve ser o estresse da nossa conversa, com certeza é isso. Isabel... Isabel... Isabel... Fascinante e enigmática. Gostei!

Capítulo Onze

Algum problema técnico fez com que a aeronave em que Kirke viajava pousasse em La Paz, ao invés de o aeroporto Capitán Rojas, em Potosí.

...

Já se instalado em outra aeronave de menor fluxo, Kirke seguia de La Paz para o seu destino em Potosí.

Ao entrar para o saguão do aeroporto de Potosí, Zium, zium, zium... Kirke deu de cara com Chapas que parecia o aguardava.

- Olá, amigo, que bom que veio, sou Chapas – cumprimentou com um largo sorriso e um aperto de mão.

- Olá, nós nos conhecemos? – perguntou Kirke, achando que pudesse tratar-se do efeito da ausência da memória psicológica.

- Claro, tem alguns segundos, de corpo; de alma, uma infinidade, irmão. Quer um guia?

-Zium, zium, zium, – Kirke apertou o cenho com os dedos de uma das mãos. – Meu Deus, de novo! – exclamou.

- É o mal da altitude, tome – e entregou a Kirke umas folhinhas de coca. – Quer um guia?

- Depende!

- Aventura, Indiana Jones, Disneylândia...

- Não, obrigado.

- História, antropologia, arqueologia...

- Quanto você cobra?

- Cinquenta dólares por dia, pechincha.

- Faço um pacote com você de trinta dias, cinco dólares por dia. Se eu não usar os trinta dias, ganha assim mesmo.

- Vinte e cinco.

- Oito.

- Vinte e quatro e fechamos o negócio.

- Está bem, dez. Não mais que isso.

- Doze me faria muito contente, muito contente demais.

- Ok, doze. Isso há trinta dias...

- Trezentos e sessenta dólares.

- Conhece o La Casona?

- Sim, hotel. Muito bom. Centralizado. Há duas quadras da praça principal, a Plaza 10 de Noviembre. Ali fica o Café La Plata. Têm tortas espetaculares. Vai gostar.

- Se eu tiver tempo.

- Vai ter: dois dias... Enquanto arrumo as lhamas e os tocadores para nos acompanhar na sua excursão.

- Tocadores?

- Condutores, carregadores, ajudantes, tanto faz. As lhamas carregam os suprimentos e materiais, e eles tocam.

Durante o voo de Nova York até La Paz, Kirke aproveitou sua revista de viagem e leu tudo que pode sobre Potosí. A mina havia sido descoberta em 1545, por um pastor quíchua chamado Diego Huallpa, que se perdeu com suas lhamas, optando então por acampar no sopé de Cerro Rico (a mina de prata ainda desconhecida), até que amanhecesse e pudesse finalmente ampliar seu norte. Quíchua é a designação de uma das vertentes da Língua e do povo Inca. Em meio a um frio quase congelante, Diego Hualpa, o pastor das lhamas, teve de se aconchegar rente a uma fogueira para não sucumbir ao frio. Tão logo acordou com os primeiros raios de sol pode notar, chamuscadas às brasas que ainda ardiam quentes, pequenas extensões de prata derretida formando um manancial fundido gigantesco para os padrões normais. Tudo ali era prata pura. E já em primeiro de abril de 1545 do mesmo ano, liderados pelo capitão Juan de Villarroel, os espanhóis tomaram posse de Cerro Rico confirmando verdadeiros os relatos do pastor, e quase que imediatamente formou-se ali um povoado, dando início à maior extração de minério puro que se ouvira falar, financiando a Revolução Comercial em toda a Europa durante os séculos dezesseis e dezessete. Além de financiar guerras, pilhagens e invasões, alimentou também o poderio real espanhol que abocanhava vinte por cento de tudo que dali era extraído. Assim, durante esses duzentos anos de sangria, extraiu-se tal quantidade de prata de Cerro Rico, que diz a lenda dava-se para erigir uma ponte que ligasse Potosí a Madri. Utilizando o trabalho escravo indígena, cada homem carregador levava à superfície cerca de trinta quilos de prata todos os dias, durante dois séculos. Os homens escavadores nunca subiam, comiam e defecavam ali mesmo, dezesseis horas por dia. Dormiam. Milhares morreram subindo e descendo aquelas minas em péssimas condições de trabalho subumano. Morriam de doenças em que a pneumonia e a tuberculose eram fatais, pois tinham que respirar diariamente quantidades imensas de sílica, chumbo, gás, diminuindo sua estimativa de vida para quarenta, quarenta e cinco anos. Morriam por fome, doenças, acidentes. Os soterramentos e as quedas das altas plataformas eram constantes, triviais.

Frei Domingo de Santo Tomás, que participara da implantação da igreja e do convento das carmelitas, escreveu certa vez, dizendo: "Não é prata o que se envia à Espanha, mas o suor e o sangue dos Índios, [pois toda esperança lhes fora tirada]". Trinta mil toneladas em prata, entre os séculos dezesseis e dezenove, converteu tal riqueza aos dias de hoje, aproximadamente trinta e cinco bilhões de dólares. Depois de quinhentos anos, obcecados por uma volúpia esmagadora, a prata deixou de existir e oito mil pessoas simplesmente deixaram Potosí.

Hoje, cerca de quinze mil pessoas, entre mineiros profissionais, adolescentes e crianças, passam os dias, dia e noite, sepultados e ávidos por aquele brilho característico da Plata. Não desistem porque não há (não há) esperança! Mas parece haver alguma para os potosinos, com a empresa canadense operando sua extração. Potosí está reduzida a pessoas humildes, tendo baixo nível de escolaridade e renda. Sua população está por volta de cento e noventa e quatro mil habitantes. Em seu apogeu, tornou-se a cidade mais populosa do mundo, ficando apenas atrás de Paris... Mas foi tamanho o uso derramado (e seu comércio desvairado da prata de Potosí) em toda a Europa que, finalmente, acabou por esgotar seu valor. A Espanha se viu então em uma situação no mínimo esdrúxula, pois tudo que pilhara perdera seu valor e poder nas longas noites e nos longos dias.

...

Poema de Kirke "Do Coração ao Fogo"

Seco. Frio. Gelado! No calor do verão, quarenta graus nas minas submersas ao Cerro. Potosí das pratas que não mais. Mineiros das Minas. Crianças! Lábios cortados de sangue, lambidos de línguas insistentes. Frio. Rachaduras. Narizes rachados e bolhas de ranhos estourando lubrificadas, se escorrendo ardidas. Ardido! Visceral! Mostra profunda de um passado maquiado pelo presente. Cerotos serpeantes, como vermes sedimentados também na alma, grossos de sílica e seu aspecto claustrofóbico, malcheiroso. Subnutridas! Remelas sem os banhos das manhãs, cansaço sem os da noite. Uma ostentação, seria sem dúvida, na Cordilheira dos Andes, há quatro mil metros em sua solitária altitude.

Potosí foi modelo de usura e prosperidade. Toda sua riqueza fora ordenhada e deixados para trás seus bezerros, sem nada. Famintos. Nem um pingo! Sansara desmedido... Roda da Vida expressando seu destino, rangida como carro de boi. Eixo completamente seco, nem leite, nem feno, nem nada! Apenas seco, árido, chão frio, clima estéril!

Mas a Vida cuida da vida e Potosí, sobreviveu: cálida na primavera e morna no verão. Ruas estreitas, margeadas por casas que transportam nosso olhar ao período colonial ali erigido.

...

Como havia dito Chapas, me deixou no hotel La Casona e sumiu por dois dias. Quando voltou, trouxe consigo quatro lhamas, dois filhos, uma sobrinha e um cunhado, todos bons tocadores de lhamas, segundo Chapas.

...

- Aonde vamos – perguntou Kirke. – Zium zium zium zium... Nossa, que sensação estranha, tudo girou.

- Já lhe disse - falou Chapas. - É o mal da altitude. Mastigue essas folhas de coca, vai melhorar.

- Eles vão ficar bem instalados no barracão da prefeitura. Vão comer, descansar, dormir, fazer tudo lá. Amanhã bem cedo deixaremos Potosí e seguiremos antes até as minas de Cerro Rico, o que restou delas. Vamos entregar oferendas ao "Tio", para que nos proteja contra as forças do mal durante a caminhada pelo altiplano, como também no altar do cristal, na hora das "Miragens". Depois damos a volta e descemos cortando direto para o altiplano, na estrada. Daqui da Plaza de Armas dá para ver o Cerro. Bem ali... Parece perto, não?

- Sim, bem perto - concordou Kirke, sem desviar o olhar do alto.

- Coco pelado...

- "Coco Pelado?" - perguntou Kirke, sem entender.

- Sim, o alto, o topo, outeiro, feio e pedregoso. Vamos ter muito cuidado lá para não quebrar nossos calcanhares. Venha - completou Chapas -, quero que veja o Cristo que o cabelo cresce.

- Como assim, cresce?

- Não sabemos, sabemos que cresce. E cresce. E também é cortado, não sabemos como é cortado, mas é cortado. Por quem, também não sabemos, mas é cortado.

...

Olhe, veja por você mesmo!

- Não estou vendo movimento algum, nem crescendo nem diminuindo.

- Não é assim, de repente. Cresce com o tempo e depois é cortado. Por quem não sabemos, mas cortado, e depois cresce de novo.

- O que o pároco diz sobre isso – perguntou Kirke, com um tom de fragilidade em tal crença.

- O padre não fala nada, só diz "Não me coloquem contra o meu bispo, não me comprometam, deixemos o mistério para Deus!".

- Sei!

- Venha, precisa conhecer Lírio!

- Preciso?

- É a Luz de Potosí, mui linda el moça. Pura plata, puro Sol.

Por algum momento Kirke pensou que se tratasse de uma moça de programa que Chapas ousasse lhe vender. Depois deixou tal pensamento de lado e resolveu ver no que aquilo ia dar.

- E por que devo conhecê-la, Chapas?

- Arqueóloga como o pai. Filha do senhor Tomaz. Não! Neta! Ele foi o pai e o avô dela. O pai morrera muito cedo num desastre de avião quando Lírio e Júlio ainda eram bem pequenos. A mãe morrera durante o parto dos gêmeos. Lírio é também antropóloga, bióloga, historiadora. Ela vai com a gente. Júlio também.

- Vão?

- Sim, vai saber por que. Ela mesma vai lhe mostrar.

- E por que eu não sabia disso?

- Eu também não, fiquei sabendo hoje logo que retornei. E agora para com tantas perguntas. A casa dela é aquela, a branca, bem ao lado da amarela.

- Mais alguma surpresa ou coisa que eu deva saber?

- Que eu saiba, não – respondeu Chapas.

- O que é esse "Tio" para o qual fazem oferendas?

- El Tio, deus ou diabo. Até hoje os mineiros ofertam a ele. São imagens de barro, pintada geralmente de vermelho. Têm chifres e boca na qual ofertam cigarros também. Têm braços, pernas e, na parte da cabeça, olhos, ouvidos, nariz, boca... Muitas fitas coloridas depositadas em seus ombros e tórax, e todas borrifadas de sangue das lhamas, sacrificadas durante o festival de veneração ao "Tio".

Capítulo Doze

(Continue jorrando, Inspiração, pensava Kirke, enquanto caminhavam até a casa de Lírio!).

Foram recebidos em seu laboratório levados pela secretária do lar. Lírio era realmente um Sol, Chapas não havia exagerado, nem um pouco, pensou Kirke.

- Olá... Como vão vocês – adiantou-se Lírio, cumprimentando-os com seu sorriso luminoso, e completou: - Chapas eu já conheço de há muito. Você deve ser o Kirke, suponho.

- Como vai, Lírio? – perguntou Kirke, em seguida completou. – Obrigado por nos receber em sua casa.

- Não se esqueçam que o interesse é meu também, a-final trata-se de uma urgência ancestral de cura. Vou contar e explicar melhor – disse Lírio, indicando-lhes a direção da sala de estar.

...

"Tudo começou com esse cristal aqui – falou Lírio, destampando o cristal de sua caixa –, achado pelo meu pai-avô esquecido dentro de uma rocha marrom, uma caverna em algum lugar no altiplano, vão poder ver *in loco*, que liga Potosí a Uyuni. Meu avô costumava andar por esse lugar em busca de pistas arqueológicas e o fazia com muito esmero. Então notou uma pequena brecha que dava para passar um corpo folgado. Após alguns minutos pensando se deveria ou não entrar e ver o que havia em seu interior, meu avô foi jogado, ou melhor, foi subitamente sugado para o chão do lado de dentro. Assim que seus olhos se acostumaram com a pouca luz, percebeu um bom diâmetro vazio contendo ossos humanos e de animais. Muitos! Nas paredes desse diâmetro havia pequenos túneis ou galerias, como queiram, que levavam cada vez mais ao seu interior e desciam a uma profundidade de uns dez metros. Como era início de inverno, o local se apresentava extremamente frio e seco. Mas nesta época é bem agradável. Eram sete túneis ao todo e um deles parecia ser o principal, amparado pelos demais. Da esquerda para a direita, é o túnel de número quatro. Ainda permanece incólume do olhar da maior parte da população local. Não gostam nem de falar sobre esse lugar. A natureza supersticiosa desse povoado contribui com a preservação desse achado desconhecido, imponderado. Meu avô achou este cristal encaixado no chão de pedra que lhe parecia ter sido a base de um altar de oferendas.

- E o que é essa coisa aqui... no centro do cristal, parece... Sei lá?

- Parece se tratar de uma forma de olho, forjada geologicamente.

- Olho? Não parece humano – falou Kirke. – Ou parece...? Não sei.

- É o que parece, não sabemos. E é desse "olho" que saltam as visões holográficas.

- Miragem – disse Chapas, dirigindo-se a Kirke.

- Entendi – respondeu Kirke –. Você tem conhecimento dessas visões holográficas? – perguntou Kirke, olhando na direção de Lírio.

- Apenas ao meu avô foi concedido olhar até então.

Kirke fez um gesto de descontentamento ao tocar a nuca com uma das mãos e mexer a cabeça de um lado para o outro. Era exatamente assim o que Kirke fazia, tanto em sua corretora em São Paulo quanto em Wall Street, quando havia que tomar uma decisão que o frustrasse em uma dúvida pipocando em sua mente, sempre.

- Não se preocupe. Vamos finalmente poder ver juntos, eu, você, Chapas e meu irmão Júlio. Meu avô falou desse encontro nosso aqui muito tempo atrás, e me preparou para essa ocasião. Vou saber o que fazer! Temos uma história entrelaçada num passado muito distante. Olhá-la de frente será o ponto de cura (em nós e nela) de toda uma ancestralidade perdida na ignorância, no medo, na ilusão. Meu avô me garantiu que depois da consciência da visão, da miragem, como Chapas herdou do meu avó, nossa humanidade, isto é, nossas vidas seguirão mais harmoniosas, não importando o tamanho das dificuldades que enfrentaremos, teremos paz frente a elas, sempre: a Paz que transcende todo o entendimento. Ah! O Júlio chegou... Quero que conheçam o meu irmão.

- Olá, olá, olá – falou Julio, cumprimentando a todos ali.– Seja bem-vindo a Potosí, Kirke.

- Olá, Júlio, obrigado e me desculpe já pela minha ansiedade, mas preciso perguntar uma coisa – falou Kirke –. Onde eu me encaixo nisso tudo? E como a moça da chancelaria, no aeroporto de Nova York, sabia o meu nome?

- Da mesma forma que você soube o dela – respondeu Julio, sorrindo, se enfiando de pronto na conversa.

- Não sei, eu apenas sabia, eu acho – disse Kirke, depois completou: – Saiu de impulso, não sei! E como ela podia saber que era eu e não qualquer outro em derredor, ali?

- Talvez Chapas não devesse falar dos negócios de Chapas, mas recebi um telefonema de uma mulher falando comigo em espanhol, dizendo que eu deveria encontrar no aeroporto um brasileiro e me oferecesse como seu guia. Disse que Chapas seria bem recompensado por isso.

- Então vai ganhar dos dois lados? – perguntou Kirke, um tanto confuso. – Você pode ter se precipitado. Talvez não seja eu, seja outro!

- Chapas não cria problemas, Chapas faz negócios, apenas.

- Acredita mesmo nisso, que seja outro e não você? - interrogou Júlio, adivinhando a resposta.

- Não, não creio – respondeu Kirke, num tom reflexivo.

- Sua intuição está certa – disse Lírio. – Ninguém aqui duvida disso. O enredo sincronizado é bem claro! Não deixa dúvidas. Conte-nos como chegou ao aeroporto de Nova York, foi até lá por quê?

- Voltando de um voo da Índia.

- E por que foi a Índia, o que o levou até lá?

- Fui a um Satsang com o Mestre, queria "Despertar".

- E despertou? – perguntou Júlio.

- Não – respondeu Kirke, sem nenhum entusiasmo –, acho que não, não sei ainda.

- Viu? O Espírito ou Consciência única está conduzindo você por meios que a mente criteriosa duvida, pois a mente humana coletiva não sabe nada das forças invisíveis. Quando a Força começa a agir na vida de uma pessoa, nada pode detê-la. Nada, nada poderá detê-la. Nada! Até que realize o que veio realizar!

- Preciso que saibam de uma coisa. Na véspera do Ano Novo fui dormir cedo e muito bem por sinal. Acordei na manhã seguinte sem lembrança alguma do meu passado, apenas os conceitos e seu sistema de argumentação permaneciam intactos. Minha memória psicológica foi desintegrada.

- Passei por isso também – falou Lírio.

- Também passei – confirmou Júlio.

- Achei que tivesse ficando louco ou algo assim - argumentou Chapas. – A família de Chapas sofreu muito no começo, depois acabou se acostumando.

Kirke encarou Chapas que o encarou de volta.

- Chapas não cria mais problemas espirituais, Chapas faz negócios, agora, apenas para sustentar a família. Não ligo!

- Ligamos, sim, só não sofremos com isso. No entanto, durante os dois dias de caminhada até o local, de hora em hora vamos tomando uma medida batizada de *quieta-goela* pelos antigos, e quando tudo isso acabar, nossa memória psicológica voltará ao normal, operando agora sobre uma base interna muito mais ampla, profunda: Desperta! Está nos ensinamentos, meu avô me mostrou esses escritos. Ele os deu a mim. O Velho Mago entregou ao meu pai-avô meses antes de deixar o corpo.

- Sim, Velho Mago... *Su avoelo espiritual*. – falou Chapas.

- Essa expressão me é familiar – disse Kirke –, quem é esse Velho Mago?

- Sou neta do meu avô espiritual, o velho Castaneda, e neta de sangue de meu pai-avô. Ele e meu pai-avô eram muito ligados, amigos, irmãos! (E não sei o significado disso, o que envolve ser ao mesmo tempo neta, ou melhor, dizendo, ter ao mesmo tempo um avô de sangue e (um) outro espiritual, ninguém o sabe, meu pai-avô não nos disse). E a expressão "Velho Mago" lhe é familiar, porque fez parte de uma época bem movimentada.

- E que época – falou Chapas –: chicletes, rock and roll, coca-cola, Vietnã, hippies... Loucura!

- Me fale sobre essa *quietagoela*. O que é isso afinal?

- *Quietagoela* é só uma expressão. No passado, dizem, as mulheres davam aos maridos para aquietá-los das mulheres da vida. A lenda diz que os maridos permaneciam impotentes durante dois, três anos. Com as mulheres da vida e com as suas esposas.

- Nesse caso, as esposas também perdiam, e filhos não nasciam – argumentou Kirke sorrindo e olhando na direção de Lírio.

- Sim, mas era por causa da altitude, e isso ocorria só com os espanhóis –, respondeu Lírio, e completou: – *Quietagoela* é só uma lenda.

- A mulher de Chapas já deu isso ao Chapas? – brincou Júlio com Chapas, apenas para ver sua reação.

- Noooooooo! Chapas nunca traiu sua mulher, nem em sonho. Chapas é esperto o bastante para só ter uma mulher em cada vida. No total vou ter muitas – disse e soltou uma risada que contagiou a todos.

Houve um pequeno silêncio, como para engolir a saliva ou respirar. Kirke falou:

- Não entendi qual a relação da *quietagoela* com a bebida que vamos tomar durante os dois dias de caminhada, até essa rocha marrom, no altiplano, pode me explicar?

- É assim – falou Lírio. – Cada povo tem sua mitologia antropológica para explicar sua religião, fé, crença, cultura e tudo o mais. Na lenda, a *quietagoela* era usada para manter o órgão masculino flácido, inalterado. Mas na verdade, esse chá era consumido pela pessoa com dores na garganta. Depois de uma cumbuca bem quente desse chá, a pessoa ficava três dias sem falar e a infecção desaparecia. O chá existe e ele ajuda muito mesmo nas infecções de garganta e ouvido. É bom também para pedras nos rins. Esse *quietagoela*, feito de plantas medicinais como camomila, alecrim, espada-de-são-jorge e outras misturas combinadas, aquietava a pessoa falante (ela rio) e as dores passavam. A infecção realmente sumia. Ah! Era muito usada também para ínguas na virilha e embaixo do braço. Neste caso, em especial...

Houve um período em Potosí em que os casais europeus, basicamente os espanhóis, encontravam sérios obstáculos para a gestação de um filho. Até que descobrissem que o motivo era ocasionado pela altitude que não estavam acostumados, muitas histórias e crenças foram levantadas e seguidas ao pé da letra. Foi daí que surgiu a lenda do *quietagoela* na qual os maridos permaneciam impotentes durante dois, três anos. *Quietagoela* ou sacramental é um composto de raízes de plantas e ervas, como: camomilas, margaridas, espada-de-são-jorge, antúrio, valeriana-selvagem, orquídeas, folha do figo da índia e alguns tipos variados de seiva de cipós triturados até seu bagaço.

É natural que cada cultura, em seu tempo, construa sua mitologia antropológica a fim de explicar, definir e dar sentido ao mistério da vida. Sem o uso de tal mitologia, a antropologia não teria sentido de existir como fato a ser investigado e entendido.

Ao entender sua mitologia, o consciente coletivo de um povo passa a ter sua validade comprovada. Isso estabelece as coisas (inexplicáveis) em seu devido lugar no qual elas pertencem, dando veracidade a sua ideologia formada pela observação da experiência vivida.

Isso é feito pela convicção da ancestralidade, que segue passando para as gerações futuras seu bastão ou repertório de subsistência.

Sua antropologia ensina basicamente como sobreviver neste mundo, porém nada acrescenta sobre a energia primordial. O buscador (isolado) faz sua opção pelo caminho espiritual dos ensinamentos, e faz a pergunta fatal: "Quem Eu Sou de fato?!".

- Nesse caso em especial... – Lírio foi interrompida por Kirke, que lhe fazia uma pergunta curiosa.

- A *quietagoela* tem relação com a bebida que é consumida durante as cerimônias do Santo Daime, a ayahuasca?

- Não! Esse sacramental é próprio do Santo Daime, ou melhor, passou a ser próprio depois que os indígenas ofereceram esse conhecimento aos brancos da floresta e região do Amazonas. No nosso caso em especial...

- Como você ia dizendo antes de ser interrompida por mim – falou Kirke, em tom de desculpas.

- Não seja por isso – respondeu Lírio. – Mas no nosso caso (em especial) usaremos o *quietagoela* que não é *quietagoela*, mas um composto de vinho doce com a seiva de dois, três, cinco tipos de cipós triturados, até restar apenas o bagaço. O vinho doce é só para tirar o amargo e tornar a bebida um pouco melhor em seu paladar. Esses princípios combinados desaceleram, digamos assim, os vórtices dos três chakras inferiores a fim de que os quatros superiores possam ser dinamizados ao máximo, e sem o controle ou intervenção da mente retilínea, limitada pela sua função e desejo de querer entender tudo. O Ensinamento diz: "Contemplar a visão sem o uso do julgamento. Contemplar a visão sem o uso da comparação. Contemplar a visão sem o uso de qualquer circunvolução mental – ver para não pensar e Ser, ser nada para ser Tudo, ser ninguém para só Ser. Eu Sou Ser! Eu Sou esse estado de Ser! Eu Sou essa consciência de Ser! Eu Sou esse Ser! Sou Consciência sendo! Eu Sou. Simplesmente Sou! Eu Sou!".

Um silêncio se instalou na sala. Kirke ainda se mantinha desconfortável com a constância da sincronicidade que ocorria na sua vida. Nunca notara isso de fato.

- Quem está aqui encontrando quem, eu ou vocês? - falou Kirke. – E quem encontrou quem no aeroporto em Nova York?

- Ela acreditou na intuição e forçou você a um café. Você havia desistido – exclamou Júlio.

- E ela soube o meu nome assim como eu soube o dela, assim, apenas sabendo... sabendo, sabendo!

- Exatamente – respondeu Lírio. – Essas sincronicidades são tão óbvias que passam despercebidas pela maioria das pessoas, a não ser quando viajam e focam no presente que se apresenta novo. Do contrário, sempre correndo, sempre estressadas, sempre perdidas em pensamentos e preocupações, pensamentos tais que em noventa e nove por cento das vezes não se concretizam, sempre pensando no final (hora no passado hora no futuro), mas nunca no tempo presente, acontecendo na frente do seu nariz.

- Mas quem me ligou a vocês foi o Inca que transmitiu a ela! – exclamou Kirke. – Tem de haver uma conexão.

- Não! Sua história entrelaçada conosco nos ligou a nós. Todos aqui temos nossas histórias entrelaçadas no passado. Esse entrelaçamento é o que liga, o que cola, o que adere, não nossas neuroses humanas, porque nada disso foi inventado, mas tudo está se revelando, seguindo uma ordem proposta pelo Universo.

- E quando foi que Isabel telefonou a você, Chapas, falando o que devia fazer.

- Ela não disse o nome e nem perguntou o meu, apenas falou pausadamente e desligou.

- E você acreditou, simplesmente. Ah, sem essa!

- Sim, acreditei. Era tão improvável que não podia ser mentira, compreende?

- Não, é claro que eu não compreendo. E você acha que ela vai te pagar?

- Não, o senhor vai me pagar. Compreende?

- Mas você disse...

- Que Chapas seria bem recompensado, foi isso que eu disse, porque ela me disse, assim dessa forma, compreende?

- Mais uma coisa, Lírio: como você ficou sabendo da minha vinda e que era eu que estava com Chapas? E como Chapas podia ter certeza que eu estaria no aeroporto aquele dia, naquela hora?

- Fácil, pensei em ir todos os dias. No segundo, Chapas já te encontrou.

- E como sabia que era eu?

- Não sabia. Mas como já disse, fiquei sabendo hoje pela manhã, tão logo retornei com as lhamas. Júlio me procurou e contou-me a história toda.

- E se eu tivesse vindo de taxi de La Paz até Potosí ao invés de avião, como faria para saber?

- Simples. Tenho informantes nas hospedagens. Chapas é guia. Chapas dá comissão. E se nunca viesse, Chapas também saberia.

- É minha vez de dizer o que parece imperdoável. Isabel me avisou – Silêncio! – Somos amigas de vidas. Falei a ela sobre Chapas e lhe pedi que fizesse o que fez.

"Isabel me ligou aquela noite mesmo, e me pôs a par do que ocorreu no aeroporto em Nova York. Ela me confirmou e disse não haver dúvida alguma de que você fosse o quarto elo, a pedra de toque que fecharia o quadrado para que o cristal revelasse o que tivesse que ser revelado. Eu e Júlio esperávamos por isso há muito tempo. Nosso pai-avô sempre nos disse que valeria a pena sacrificar tudo por isso, pela Verdade!".

- Chapas também, agora eu sei!

- Claro – falou Lírio –, agora nós sabemos. Chegou o dia! Mas é instinto sentido no âmago, ou melhor, entendido pela alma como um saber, amplo, profundo. Foi isso que você descartou no aeroporto de Nova York, porém Isabel soube canalizar, ela estava aberta e se mantém aberta e intuitiva todo o tempo. Presente! Consciente do momento, do exato momento em que o invisível está sempre operando.

Kirke permaneceu em silêncio, como que filtrando significados das palavras que Lírio acabara de dizer. Nisso, Júlio se levantou e disse que precisava ir adiantar algumas coisas para amanhã, o percurso pelo altiplano até a rocha marrom. Despediu-se e deixou a casa. Kirke rompeu o silêncio e falou:

- Tudo isso ainda soa bastante artificial na minha mente. Pessoas sérias acordam cedo e vão para o trabalho e dão duro, muito duro e ganham dinheiro. A prática séria é a preocupação com os filhos, com sua saúde, família, alimento. Não consigo me desvencilhar dessa minha mente condicionada "pelo que sempre foi assim". No entanto, sei que estou errado em meu julgamento – comentou Kirke –, pois as coisas são como são e não como gostaríamos que elas fossem, não é?

- Elas sempre serão como são, é um fato! – exclamou Lírio .– Esse é o salto, o portal para a Verdade, a total entrega do buscador sem o uso da mente questionadora, condicionada ao velho sempre igual, "sempre foi assim".

- Eu sei, só estava descrevendo uma ambigüidade que se desloca o tempo todo dentro de mim. Chega ao ponto de me dar náuseas.

- Todos os buscadores neste Planeta passaram por isso e passam por isso, até que finalmente entendem e param de buscar, pois a busca termina com o conhecimento revelado que nenhuma verdade está nas nossas mentes, mas na Consciência única que opera o jogo da Vida, porém que lá atrás, eras atrás, em algum momento de distração, a Consciência acabou se identificando e se confundindo com o corpo da personalidade. E já que a personalidade pode ser conhecida pela Consciência, a Consciência não é a personalidade, mas aquilo que conhece, percebe, é Ela quem conhece todos os fenômenos surgidos da Consciência, na Consciência (e não "aqui" fora) e para a Consciência, que percebe a mudança, a alteração, o crescimento, o desenvolvimento, seu definhar e sua morte. Aquele que pensa é o mesmo que acredita nos pensamentos: o pequeno "eu", o ego. Mas o EU que é a sua, a nossa e de toda a humanidade, a verdadeira essência e Sua unicidade, é Deus, o EU – EU é Deus! Deus é UM!

"Kirke, falou Lírio, desfaça-se não de Deus, e, sim, de sua imagem antropomórfica (gravada em seu ego) de um velho rigoroso e sábio sentado em algum pedaço de céu. Tire Deus de onde Ele não está e veja o que Deus É!".

- Deus aparece *como*! – exclamou Kirke.

- Exatamente! Mas está além de sua expressão – disse Lírio. – Essa dicotomia existencial precisa ficar bem clara. Caso contrário, será capturado de volta ao mundo da mente utilitária, coletiva, egóica! Fique com essa imagem material na sua mente, lembre-se dela todos os dias até o fim do mundo, ou de sua mente, porque mente é mundo e mundo é mente, e mente é tempo: "Assim como o Sol encaminha seus raios, eu e o Pai somos um!".

Capítulo Treze

Vem, Inspiração, vem em meu coração – falou Kirke para si mesmo, no momento em que saía para a rua (...).

Eram 4h50 da manhã e Kirke deixava o La Casona levando sua mochila às costas. Usava um casaco leve e era suficiente no verão e na primavera. Chegou à casa de Lírio e Júlio e Chapas, com sua comitiva, já se punham apostos.

Kirke notou que as lhamas estavam carregadas até as últimas lãs. Coitadas, pensou. Cumprimentou a todos, um por um, e fez questão de distribuir uns doces para aos tocadores.

- Onde está Lírio? – perguntou Kirke.

- Foi buscar o poncho, vai precisar dele até que o sol se levante.

- Estou aqui – falou Lírio, fechando a porta da casa atrás de si. – Como é, estamos prontos?

- E como! Olha só! – disse Kirke, apontando para as lhamas e seus tocadores.

- Muito bem. Então... "Ripa na Chulipa", lá vamos nós. Andando, pessoal...

...

Desde que Kirke deixara o hotel, meia hora atrás, tinha a ligeira sensação de estar em dois lugares ao mesmo tempo. Ouviu outra vez um zumbido produzir em seus ouvidos certas alterações na percepção. Duas dimensões pareciam sobrepor-se, hora uma bem definida, hora outra trêmula e desencaixada. Não sabia explicar. Era como estar sob o efeito de algum alucinógeno. Sabia que a quarta dimensão era Espaço em derredor, infinitamente. E que a quinta foi uma série antiga da TV americana ou as fórmulas emaranhadas de Einstein apresentadas ao mundo. Então, se alguma dimensão, fora desta que nos reconhecemos, existe de fato, precisa existir também tanto nas fórmulas quanto no Espaço invisível.

_ Kirke! Kirke! chegamos homem – disse-lhe Chapas, com um tapinha em suas costas. – Onde você estava, no outro mundo ou coisa assim?

- É, parece que chegamos. Quem são eles, os mineiros? – perguntou Kirke.

...

Chegaram à entrada da mina junto com alguns mineiros que já se dispunham em ajudar. Os mineiros receberam doces e um garrafão de uma bebida alcoólica, a chincha. Fizeram questão de explicar os procedimentos corretos com "El Tio", e se despediram se embrenhando para o fundo da mina. "El Tio" ficava logo no início, a uns dez metros da li, em um recuo formando a base superior de um "T" de duas galerias em sentido contrário, uma para a esquerda, uma para a direita, que davam início a um conjunto de galerias sem-fim. Júlio, Lírio, Kirke e Chapas, usando cada um de uma lanterna ao capacete, entraram e caminharam descendo até "El Tio"

Feitos todos os procedimentos, como haviam sugeridos os mineiros, encheram a boca com licor feito da jabuticaba e borrifaram seu líquido escuro, sobre o rosto e o peito de "El Tio", repetindo o mesmo ritual três vezes.

Com a proteção garantida por "El Tio", deixaram a mina dando a volta para um atalho que os levaria direto ao altiplano, na estrada, indo de Potosí a Uyuni.

Após oito horas de caminhada direta, lanchando o almoço passo a passo, parando apenas para um xixi, tomar água e engolir a *quietagoela*, levantaram acampamento próximo a uma encosta para fugir do vento noturno.

...

Durante os dois dias que Chapas sumira, Kirke aproveitou a cidade e as tortas espetaculares que serviam no Café La Plata, situado em uma das esquinas da Plaza 10 de noviembre. Visitou também a Casa da Moeda na qual era armazenada a prata extraída de Cerro Rico. Examinou com muita riqueza a máscara irônica em seu átrio principal. Diz a lenda que tal sorriso enigmático é a representação fiel da ganância pela exploração do minério, juntamente com a banalidade da vida indígena, dos povos Incas. Foi ao museu de São Francisco, que compreende também a igreja de Santa Tereza e seu convento, antiga clausura da Ordem das Imãs Carmelitas, o Carmelo providencial no qual muitas vidas foram salvas, quase ceifadas pela tuberculose e pneumonia. Em uma das torres funciona o mirante de onde Kirke pôde se deliciar com uma Potosí esparramada em silêncio e paz. O convento mantém um acervo artístico de afrescos belíssimos, contrastando perene com as catacumbas em quais suas freirinhas eram enterradas. A catedral de São Lourenço, lindamente gótica em seu estilo, em todo o seu interior é admissível sentir seus gritos e seus horrores, sedimentados como átomos psíquicos em suas paredes, chão, teto, altar, do povo Inca em um genocídio devastador. E olha que não foi o primeiro nem o único no mundo.

Ao se ajoelhar no genuflexório, de madeira gasta, antiga e respeitosa, a fim de realizar a trindade santa "Em nome do Pai, do Filho e do Espírito Santo", uma velhinha se pôs ao seu lado, requintada, bem junto de Kirke, como se quisesse confidenciar um segredo, sem correr o risco de que alguém mais ouvisse. E confidenciou baixinho:

"Meu filho, disse a senhorinha com a mão em concha escondendo a boca, os Illuminates foram os causadores de todo esse sacrifício insolente. Ouça estas paredes, este chão, este teto... estão impregnados de horror".

"Sei, mas sobre o quê a senhora está falando, eu não sou daqui, sou do Brasil – respondeu Kirke, desejando se desviar dos seus palpites".

"Meu querido, você sabe! Preciso ir. Procure na internet – vai achar. Mas cuidado a quem você mostra. Há muitos lobos comendo com cordeirinhos – e fez o sinal da cruz e deixou o local caminhando vagarosamente, apoiada em sua bengala brilhante de puro mogno".

Kirke achou aquilo muito estranho, mas previsível para aqueles que estão presentes no momento presente, aqui-agora, e sentiu o que Lírio ainda lhe alertaria. E ouviu sua voz em seu pensamento advertindo-o "Não se distraia, como fez no aeroporto, em Nova York, com Isabel".

Naquela mesma noite, no La Casona, Kirke jantou cedo e foi para o quarto tentar a internet. Tentou algumas palavras chaves e nada dava certo, até que, sem mais nem menos, um Site desconhecido para Kirke abriu uma janela na qual havia um título com os seguintes dizeres; "Os Illuminates Agiram Em Potosí Entre os Séculos 15 e 19".

...

Dizia o artigo um tanto amador:

Dá para perceber claramente que os chamados Illuminates haviam passado também por Potosí, na Bolívia. Só trocavam de nomes, os Impérios. Não se tratava de uma conspiração e sim do processo natural do carimbo existente no DNA humano. Os Illuminates já nasciam e cresciam no lugar certo e predeterminado pelo Universo. Entra aqui o poder do livre-arbítrio de executar ou não. Vai depender da densidade da massa crítica, acuada e desejosa por libertação, ao mesmo tempo em que aceita resignada as ações dos Impérios a suas costas, na esperança de um dia passar para o outro lado da cerca (não era o caso de Potosí). Na época de Roma, somente um gladiador, a cada vez, sobressaía-se. Hoje, nas arenas do futebol, no campo das indústrias farmacêuticas e pesquisas, nos assépticos escritórios das indústrias de armas, uma quantidade deles é elevada e deixada enriquecer para a glória do próprio esquema. Para que o esquema funcione é preciso haver ídolos, colaboradores, assim como se eleva um cooperador ao posto de carrasco dos oponentes. Na Queda da Bastilha, em 1789, na França, o poder dos Illuminates foi testado até seu último suspiro e acabou cedendo. Não foi o fim, mas teve que ceder. O povo empobrecido foi elevado pela situação à função de carrasco justiceiro, e, os que por milagre escaparam, tiveram que enfiar seus rabos entre as pernas, pelo menos por um tempo (...)

...

Depois de usar a impressora do La Casona, Kirke voltou e se trancou em seu quarto e só foi visto de novo às

4h50 de uma manhã, deixando o hotel em direção à casa da Antropóloga. Mas visto por quem, ou em qual dimensão?

...

Lipas, o cunhado de Chapas, saía-se um excelente cozinheiro. Mandioca com carne seca era tudo que se comeria durante os dois dias de ida e os dois dias de volta.

Uma pequena fogueira, afundada no chão, foi acessa para as conversas da noite.

Primeiro deu-se o elogio à comida. Segundo, o reconhecimento do trabalho perfeito das três crianças. Terceiro, a dança de Lírio enquanto caminhavam, e quarto, os três coletivos, dois ônibus e um caminhão num bate e volta. Nesse espaço de tempo era silêncio e vazio.

Durante toda a caminhada, Lírio dançava rodando suavemente em seu eixo, segurava acima da cabeça um lenço longo e esvoaçante. A cada hora paravam e cada um, inclusive as crianças, ingeriam uma mediata de *quietagoela* servida em uma caneca de alumínio. Logo que de imediato, Kirke começou a sentir seu efeito e, mantendo-se a cada momento mais excêntrico e autocentrado nas chamadas crises existenciais, se autoanalisava sob a fluência psíquica jorrando-se em sua mente *como* imagens condescendentes com o que era de mais perverso e abominável.

- É assim mesmo, tem que deixar sair o homem ruim. Na volta será maravilhoso – disse-lhe Chapas.

- Se eu ainda estiver vivo – replicou Kirke, enquanto uma espécie de bílis saía-lhe pela boca arfando em pequenos vômitos intermitentes.

Durante todo o dia, inóspito, silencioso, como só havia passado um ônibus para Potosi e um outro para Uyuni, um caminhão para Potosi e retornando ao final da tarde, não houve platéia, a não ser eles próprios, que se admirasse com a dança de Lírio. Era esvoaçante, sensual, mística e herética, tudo ao mesmo tempo, dando um ar de vivacidade primaveril, permeando todo o trajeto. Quem olhasse de longe, a cena toda pareceria saltimbancos a caminho de algum povoado. Na frente seguia Lipas, tocando as lhamas com as crianças. Em seguida Júlio dedilhava algo em seu violão. Chapas vinha depois cantarolando uma espécie de soneto Inca. Kirke vinha em seguida ainda autocentrado com os efeitos da *quietagoela*, ingerida a cada hora. Sempre por último vinha Lírio, que deslizava no ar do altiplano.

...

Haviam comido e agora estavam sentados em volta da pequena fogueira que os mantinha focados e ligados uns aos outros.

- Vejam – falou Chapas –. Um asteróide.

- É um meteorito – ajustou Júlio –, e dos grandes!

Kirke mantinha-se ainda lento em seu mutismo, circunspecto, ensimesmado, silencioso como o vazio, porém atento às suas emoções e ao que se passava ali. "Atento" não seria bem a palavra, mas "percebendo" o desfraldar da Consciência. Pensou em mostrar o artigo da internet sobre os Illuminates e colocar na roda da conversa o diálogo que teve com a senhorinha no banco da igreja de São Lourenço. Contudo, desistiu e preferiu ficar ali com eles, ao redor da fogueira, só existindo, sem controle, sem esforço, sem emitir nada, nem mesmo nada!

- Estamos todos bem? – perguntou Lírio com aquele sorriso ventilado de sempre. – Podemos dormir? – O "Sim" foi geral, as lhamas que o digam.

...

Frio, com o sol raiando no Leste, o deserto se descortinava outro, convidativo para a vida emergente.

Lipas havia feito o café com bolinhos de trigo selvagem, moído nos quintais de Potosí.

A primeira medida de *quietagoela* fora distribuída e todos, com exceção de Kirke, que torcia o cenho para valer, nada desenhavam em seus semblantes. Lívidos!

Lipas e as crianças recolheram tudo e guardaram com precisão sobre o dorso das lhamas.

Meia hora de caminhada, o mesmo fluxo de ontem ocorria nos dois sentidos da estrada, dois ônibus que se cruzaram em algum ponto da "rodovia vicinal" e o mesmo caminhão que seguia novamente para Potosí, retornando a Uyuni no final da tarde.

Era meio dia e, no passo que estavam, deviam chegar ao local por volta das 3h15 da tarde, segundo o cronômetro e os cálculos de Kirke. Como já disse, essa mania de Kirke medir tudo se fazia despercebida, incontrolável. Esse comportamento, esse jeito de tentar controlar tudo, como se tudo fosse uma sala de Wall Street, clima controlado, câmeras sempre gravando cada detalhe, essa energia estava sendo decepada pelo dinamismo da *quietagoela*, soltar, soltar tudo, deixar ir tudo do homem velho para que o coração do homem novo (a realização do *Self* ou *Único* que ama) se abra para agir livre dos embustes e emaranhados do corpo emocional do ego, a personalidade.

O único que parecia ter um problema ali era Kirke, mas não há nenhum problema na realidade. A vida sempre dá certo. Com efeito, nossa perspectiva dela é que não condiz com o que é. No exato momento em que você entra no estado de alerta, que é um estado aprofundado de consciência, todo e qualquer problema desaparece, porque de fato nunca houve um, o problema está na mente, no tempo, jamais no Aqui-Agora, esse "lugar" semente, sem mente, sem-tempo. Sempre O Agora!

- Podemos falar? – perguntou Kirke, se aproximando de Lírio.

- Claro! Enquanto caminhamos! – exclamou Lírio. – No interior da rocha marrom, jamais; ou vamos perder essa oportunidade para sempre.

- Entendi, aconteça o que acontecer.

- Exato! – adiantou Lírio. – Silêncio absoluto. O que quer me falar?

- Não é bem falar. O que acha da polêmica sobre a Conspiração?

- Os Illuminates?

- Sim!

- Acho que tudo é possível, os pensamentos das pessoas não param um só momento. Nessa neurose de pensar compulsivamente, muito pode ser criado e acreditado.

- Não acha que a descrença tem encoberto o esquema?

- É possível! – exclamou Lírio, tocando e sentindo a pele do rosto. – Sabe de uma coisa, tudo que desejo nesse momento é mergulhar naquela cratera transbordando de água quente, no Ojo del Inca. Foi lá?

- Fui – respondeu Kirke, um tanto vago, sem aparentar nenhum interesse especial. – É... Um lago vulcânico no mínimo insólito, com direito a fumacinha e tudo.

- Pois é! Vamos apertar o passo que estamos ficando para trás.

- Ok – assentiu Kirke. Caminharam mais alguns passos e Kirke fez uma nova pergunta. – Já leu Dom Quixote?

- Por que quer saber?

- Já leu?

- Sim, já!

Então deve se lembrar da frase em que Miguel Cervantes colocou na boca do seu principal personagem: "Vale um potosí", denominando uma fortuna.

- Sei o que quer dizer. Andemos mais rápidos – falou Lírio olhando para os lados, demonstrando falta de interesse no assunto. – Todo mundo sabe.

Kirke percebeu o desinteresse de Lírio e resolveu caminhar em silêncio.

- Como está lidando com a *quietagoela*, de verdade? – perguntou Lírio.

- No primeiro momento foi um susto enorme, um horror desconhecido por mim até então. Sobreposição de imagens, essa foi legal, dimensões paralelas se encontrando e transpassando-se sem nenhum atrito. Muito legal!

- Já fez uso de LSD?

- Sim... Uma vez, em Londres. Deram o nome de Kissuko.

- E como foi?

- Por que quer saber? Já deve ter experimentado! - exclamou Kirke, abrindo os braços. – Tem que ser tudo do seu jeito, não é?

- Não quer falar, tudo bem!

- Está vendo, tudo do seu jeito. Essa sua defensiva me coloca na posição de ter que falar... Foi mais divertido que o *quietagoela*, está satisfeita?

- O *quietagoela* é um alucinógeno melhor que o LSD. Na verdade, é um sacramental místico, sagrado, assim como o Santo Daime o é... Ainda estamos muito atrás, vamos apertar o passo.

Andaram alguns minutos em silêncio e Lírio se pôs a dançar novamente. Kirke realmente apreciava aquele jeito de dançar, feminino, atraente, perscrutador.

- Onde aprendeu a dançar assim? Não foi numa escola de balé, definitivamente, não!

- Assim como? – falou Lírio, esvoaçando-se como flor daninha salpicando o campo cromatizado de nuances.

- Lembra uma espanhola, o jeito!

- Sim. Uma cigana espanhola me ensinou. Era amiga de meu avô.

- Seu avô tinha muitos amigos.

- Tinha, sim, mas Rovena era especial para ele. Meu avô dizia que o que realmente conta nesta vida são os nossos relacionamentos com os seres. Aí podemos testemunhar que vivemos uma vida com qualidade. Que horas são?

- Duas e trinta e sete, em ponto – afirmou Kirke.

- Falta pouco, então, pelos seus cálculos.

- Quanto tempo não vem aqui?

- Pareço perdida?

- Talvez.

- Nunca vim.

- Mas eu pensei...

- Fui preparada para vir uma única vez, hoje, agora!

- Sabe mesmo o que está fazendo?

- Certamente!

- O que você está já há algum tempo procurando, por que olha tanto em volta?

- Achei, lá está ele, em cima daquele monte, está vendo?

- Estou vendo uma ave, parece um abutre...

- É um condor, um pequeno condor ainda. Ele voou até aqui. Estava preocupada que não chegasse.

- De onde ele veio?

- Daqui mesmo da Bolívia! Por nossa causa!

- Por que?

- Não posso falar ainda.

- Ok, tudo do seu jeito!

- Não posso falar ainda!!

- Ok! Ok! Ok!

- Como anda a taxa de níquel no seu organismo?

- Não sei, eu não me preocupo com essas coisas.

- Pois devia se preocupar. Vamos gastar muito desse elemento durante a revelação das imagens.

- Como sabe? Já sei, seu avô lhe disse.

- Está ficando bom. Verdade.

- Por mim tudo bem. Vou ficar doente?

- Não, apenas envelhecer por algumas horas.

- Você também? Seus cabelos também?

- Todos nós.

- Sabe explicar?

- Não sei se sei.

- Pode tentar?

- Para as imagens se projetarem no espaço, é usado o minério do nosso corpo como combustível ou coisa parecida. Uma quantidade do minério níquel é dinamizada para o sustento do funcionamento.

- Acha que vou ficar bonito, velho, por algumas horas?

- Se não morrer, vai.

- Ah ah ah.

- To brincando. Mas um dia, prontos ou não, teremos que nos juntar ao Uno!

- Todos.

- Olha só que danado...

- Cadê?

- Ali.

- O que ele está fazendo?

- Nos mostrando o lugar, pedindo a nós que o acompanhe.

- Então o senhor condor é nossa estrela guia.

- Está ficando bom, de verdade.

- Para com isso.

- Verdade!

- Por mim tudo bem.

- Que bom. Vamos apertar o passo.

- Me fale de seu avô, do que ele morreu, de velhice ou de tantas amigas?

- Amigos! Deixa de ser mau, coitadinho dele. Meu avô foi desintegrado, penso eu. Saiu um dia de automóvel, com seu amigo Lipam, a fim de irem até Uyuni. Nunca chegaram lá, nem meu avô, nem Lipam e tampouco o automóvel em que estavam. Nunca mais foram vistos.

- Mas desintegrados por quem e por quê?

- Já ouviu falar do Triângulo das Bermudas, certo, e outros pontos no Planeta envolvendo os mesmos mistérios.

- Mas o Triângulo das Bermudas fica do outro lado, bem longe daqui.

- E o ponto de meu avô também, do outro lado de cá, em algum lugar no deserto do altiplano. Aperta o passo.

- Mais que isso vou secar.

- Estamos quase lá.

- Como sabe se nunca veio?

- Os sinais vão nos levar até a cova dos leões. Confiança! Precisa acreditar!

- Eu acredito!

- Acredita?

- Sim, senão não estaria aqui!

- Não mesmo?

- Não mesmo!

...

Exatamente às 3h15 da tarde chegavam ao local em que a abertura na rocha marrom podia ser vista como um vácuo escuro, tenebroso, vazio. Primeiro organizaram o acampamento, algo para comerem e, em absoluto silêncio, aguardaram o ponto celestial imprimir no céu a exatidão do sonoite, isto é, seis horas da tarde e da noite, simultâneos. O condor havia sumido.

...

Na caminhada de hoje, logo depois de comerem o lanche do almoço, mantendo o ritmo das passadas, teve uma hora em que Júlio encostou em Chapas com seu violão e juntos cantaram uma música local que falava sobre os símbolos do Universo. Era costume dos antigos notar e elevar esses signos universais, agradecer a Mãe terra seus dons revelando-se a todo instante em amor pelos seus filhos, indistintamente, o Amor que ama incondicionalmente – o Único que ama.

- O que será que Kirke tem tanto para falar com Lírio? – falou Júlio, olhando para Chapas.

- Ele é um verdolengo, ainda. Precisa amadurecer e fazer crescer seu discernimento espiritual. Carece de informações que confirmem sua fé e ajudem a soltar suas dúvidas. É normal, você também já esteve nessa situação, nem ovo nem pinto, anos atrás, lembra?

- Sim! – Júlio concordou com Chapas e permaneceu em silêncio, pensativo, coisa que nunca se dava: esquecer-se pensativo perdido em pensamentos.

- O que foi? – notou Chapas.

- Nada – respondeu, mal disfarçando o incômodo.

- Fala, frangote, Chapas é um homem simples, mas com certeza trago alguma sabedoria para transmitir.

- Tenho ciúmes da minha irmã, sempre tive. Pronto!

- Hummm! Isso não é bom. Nenhum ciúmes de algo ou de alguém deve ser justificado. É uma energia ruim.

- Por que Chapas diz isso?

- Muito menos o de irmãos. Solte Lírio de dentro de você. Não a mantenha prisioneira. Deixe a ir e reconstruir sua vida, assim como você tem feito com a sua. O luto terminou, entende o que estou falando?

- Está insinuando que...

- Estou sim, curto e grosso decepando o mal pela raiz!

- Ah, o que é isso...

- Olhe pra isso e faça. Não tenha dó de você. Quanto mais usar de violência contra os maus sentimentos, maior será a soltura das nódoas em seu corpo emocional. É como uma camisa enlameada que a cada mergulho no riacho volta com menos lama e um pouco mais alva.

Júlio permaneceu em silêncio, refletindo nas suas emoções e nos avisos de Chapas. Tinha com ele agora um desconforto quase que insuportável. Como podia isso ter acontecido com ele, pensava, o que foi que aconteceu no meio de sua jornada. O que era isso por sua irmã, qual seria a causa?

- Karmas – falou Chapas – podem ser bons ou ruins. Mas nem são bons nem ruins, você é que decide o significado, e isso você sabe muito bem. Entendimento e autoviolência contra esses sentimentos é o caminho. Não seja indulgente com seu ego. Dê-lhe um silício apertado em sua cintura, deixe sangrar! Não lhe dê mais nenhum espaço para crescer e verá como tudo desaba em um nada que nunca existiu de fato, mas esteve aí como se existisse.

Lírio era muito jovem ainda quando recebera a notícia de que seu noivo, tenente piloto da Força Aérea Brasileira, morrera em um acidente, ao lado de outros nove companheiros, em um Hércules que caíra na fronteira entre o Suriname e a Guiana. Júlio chorou muito, pois adorava o cunhado que amava tanto sua irmã. Doze anos de luto parecia não ser o bastante para Lírio. Mesmo liberada dos engodos emocionais, Lírio nunca mais conseguiu se interessar por homem algum. Amizade, sexo com alguém divertido, interessante era o limite de sua fronteira, e deixava claro logo de início que não passaria daquilo. Esses distanciamentos antecipados, programados, parecem acionar o ego das pessoas, que passam a insistir só para provar algo a si mesmas, um módulo inconsciente de pura paixão pelo próprio ego, o corpo emocional da personalidade. Esse ego insistente e cego, não desiste até conseguir, e, quando não consegue, uma tragédia iminente se anuncia, podendo ou não ser levada ao pé da letra: "Se não é minha, não será de ninguém". Depois desse interlúdio passional, no qual o rapaz acabou se matando com um tiro na cabeça, Lírio pode finalmente viver sua história (de "luto") de modo natural.

- Quando volta para a Holanda – perguntou Chapas.

- Bélgica – respondeu Júlio, sorrindo. – Você sempre erra. Tenho alguns dias ainda.

- Como é mesmo que você faz lá no trabalho... Ombi-usam, omblusam – tentou Chapas sem conseguir dizer.

- Ombudsman – respondeu Júlio, sorrindo e dando um empurrãozinho em Chapas, que se desequilibrou e sorrindo junto completou: – Oh palavrinha complicada! E o que é mesmo que essa palavrinha faz?

- Chapas, gosto demais de você.

- Obrigado, eu também de você, sabe disso.

- Então vou lhe explicar da melhor forma que me veio ao pensamento agora.

- Certo!

- Quando sua esposa implica com você sem razão alguma, o que você faz?

- Falo com o padre!

- Exato! – exclamou Júlio. – O padre ouve você e faz o intermédio entre sua reclamação e sua esposa. Não é assim?

- Sempre assim.

- É isso que eu faço no meu trabalho, o intermédio entre os clientes e a minha empresa, e também entre todos os que lá trabalham.

- Sobre o que?

- Reclamações.

- Tipo?

- Um produto com defeito, por exemplo. E outras coisas mais.

- Sei, que coisas?

- Hum! Duplicidade de pagamento tem sido comum.

- Pago duas vezes pelo cliente? Chapas têm horas, se esquece e paga duas vezes a mesma comissão aos seus informantes, nos hotéis.

- Como pode saber se esqueceu que havia pago? Pode me explicar? – perguntou Júlio, um tanto curioso.

- Boa pergunta, e eu tenho a resposta: eles me devolvem "Chapas, você já pagou ontem".

- Então é isso o meu trabalho, ajudar às pessoas a resolverem seus problemas.

- Muito bonito o que você faz. Ao invés de criar problemas para os outros, escolheu ser parte da solução!

- Não havia pensado dessa forma... Obrigado - agradeceu Júlio e voltou ao seu violão.

...

E aguardaram até o fim do efeito sonoite.

- Vocês ficam aqui com Lipas – ordenou Chapas às crianças. – Cuidem de tudo.

Acenderam as tochas, entraram (primeiro Chapas, depois Júlio, em seguida Lírio e por último entrou Kirke) e logo acharam o altar e fixaram o cristal em sua base. Perfeito!

Lírio pegou do manuscrito dos antigos, do povo Inca, ofereceu ao alto (...) e leu: *"Deus do mundo: do céu e da Terra, todo poder e glória, e fez tudo que foi feito. Se existe, foi o Senhor que modelou. Se tem astúcia, é a Sua astúcia. Se tem vida, é a Vida única do todo-poderoso, presente e Senhor de tudo. Beleza inquebrantável e senhor Único dos frutos. Receba nossa humilde oferenda, pois só temos o amor que o Senhor, o Único que ama, nos deu".*

Chapas era tremido por uma emoção que sabia familiar... Lágrimas escorriam de seus olhos... Ele olhava fixo para a parede do altar... No centro, na base do altar, havia quatro pedras e Kirke sentou-se em uma delas, antecipando-se ao comando de Lírio.

De frente para o outro, em duas paralelas de lado para o altar, o quadrado estava formado e um brilho subia do cristal projetando imagens no ar, entre eles, entorno deles, acima e abaixo deles. É de fato holografia, pensou Kirke, não pode ser outra coisa. Mas, se fosse outra coisa, o que seria? Que tipo de tecnologia está movendo e redimensionando essas imagens que parecem vivas no ar – continuou Kirke em seu devaneio –, bastante inexatas ainda... Um tanto escuras, bruxuleantes, enigmáticas?

A primeira imagem era a do velho avô de Lírio e Júlio. O velho visto de fora da imagem, parecia olhar distraído para eles. Como um close repentino, a imagem se trans-

formou e o velho agora olhava em seus olhos, simultaneamente. De súbito, falou:

"Tenho uma história para contar. É sobre homens e
valores, dores e sacrifícios. Nada é mau nada é bom, é apenas o diabo (o ego) desejando realizar-se. E rio. O diabo é o
diabo do homem querendo se dar bem. E rio. Ele, na verdade, só quer se dar bem (Ri), mas se precisar fazer o mal
ele faz, sem titubear. Esse é o costume do homem velho,
possuidor, ganancioso, explorador. Ele ri. É como a história
de Chapeuzinho e seu Lobo. Ele não queria comer a carne
velha da vovó, mas para comer a carne nova de Chapeuzinho, primeiro ele teria que comer a da vovó. E rio. O diabo
(ego) é o lobo mau no Homem. Falam da união dos Illuminates como um Clã separado, organizado, propositada-
mente tramando o dia inteiro sua conspiração. E rio. Só a
aranha consegue caminhar sobre a própria teia, nenhum
outro animal consegue isso. Sabiam? (Ri). É sua natureza
enredar sem se prender. É sua natureza tecer sem nunca ter
sido ensinada. Ele ri. Nunca frequentou uma escola. Da
mesma forma, os Illuminates nunca se reuniram para for-
marem o clube dos Illuminates (Ri), tecem a teia por sua
natureza, é a tatuagem (DNA) do lobo no homem. Você
usa ou não, é de seu livre-arbítrio, é de sua natureza humana esse aspecto lobo, selvagem. Ele ri. Illuminates é o
nome estrangeiro do lobo mau, aqui na Bolívia pode ser

Pablo, está bem Pablo? o fantasma (arquétipo) no coração do homem velho, aquele que ainda não nasceu de novo, só de mulher (Ri). Se não renascer do Espírito, é pessoa. Mas se renascer do Espírito, é Filho de Deus. Não é o homem, mas a Vida, o Cristo, o Ser, a Verdade é que é o filho. Ele ri. É por isso que o homem não deseja conhecer a Verdade, por que ela incomoda e não tem mais volta. É como o ser na caverna de Platão, viu a Luz e não tem mais volta. Mas ele volta para tentar livrar os que ainda estão sob o efeito da fogueira e suas imagens refletidas na parede (Ri). Mas eles não acreditam nele, achando que as imagens na parede é tudo o que real, existe e preenche. Ele ri. Eu sei, já entenderam.

A imagem do velho sofre uma tremulação e outra surge em seu lugar.

MINAS DE CERRO RICO
ANO DE 1600, SÉCULO 17

NARRATIVA DAS IMAGENS
O povo Inca, feito de escravo durante os séculos de escavações nas minas de Cerro Rico, despencava de alturas enormes, às vezes levando junto seus companheiros, atados a cordas pela cintura.

Ao mesmo tempo em que uns comiam, outros defecavam ao lado. Metano, enxofre, chumbo, sílica eram por eles o tempo todo respirados.

Em qualquer tentativa de fuga ou rebelião, eram mortos ali mesmo e jogados do alto para o fundo das minas.

Suas plataformas desciam a mais de duzentos metros de profundidade, no verão chegava aos quarenta graus, às vezes bem mais.

Chapas, Júlio e Lírio se reconhecem como antigas vidas daqueles corpos, ainda vivos.

Kirke, normal. Era como assistir um filme no cinema, escuro e aconchegante, porém muita expectativa, adrenalina.

A imagem oscila e salta para fora da minha, onde o capitão Juan de Villarroel aparece em uma conversa com os seus administradores, algo que não dava para entender.

Uma pergunta meteu-se fugaz na cabeça de Kirke: "Quem seria hoje o capitão de Villarroel? Estaria ele encarnado? Seria ainda pertença dos Illuminates, ou se teria já desapegado desse estado raso de consciência?".

Súbito, a imagem salta para o velho Inca, avô de Lírio, desferindo bem no olho de Kirke sua ação irada:

- É você, seu desgraçado? Maldito! – gritou o velho.

Kirke desmaiou. Mas antes, segundos antes, Kirke começou a gritar como um louco e a bater com os punhos cerrados contra sua testa, e sua mente apagou.

Aliviados, agora em redor da fogueira do acampamento, tecendo alguns comentários, Kirke continuava desacordado e continuou assim por mais dois dias seguidos. Lipas e Chapas improvisaram uma maca peruana que era arrastada por duas lhamas durante os dois dias da volta.

Capítulo Quatorze

Kirke começara a acordar depois de dois dias conse-cutivos. Lírio hospedara- o no quarto de hóspedes enquan-to se recuperava do estresse.

Maria bateu à porta e Kirke autorizou sua entrada (...)

- Vim só deixar os lençóis limpos, depois eu arrumo sua cama. Pode continuar descansando.

- Como vim parar aqui e quem tirou minhas roupas?

- Eu e a dona Lírio.

- Mas e os homens?

- Não se preocupe, senhor Kirke, é tudo igual.

- Ta bom.

- Chapas fechou sua conta no La Casona. Dê a ele seu dinheiro de guia, pois agora é hóspede desta casa.

- Ta bom.

- Tem sempre água fresca nessa jarra aí. Vou trazer seu almoço. Precisa voltar a comer. Com licença.

- Ta bom.

...

Lírio entrou no quarto para ver como Kirke se sentia.

Sentado na poltrona de leitura, sob a luz âmbar do abajur, Kirke comenta com Lírio sobre sua obra.

- Acabei de ler seu livro. Gostei muito, muito mesmo! Exclamou Kirke, se ajeitando na poltrona do quarto.

- Qual deles – perguntou Lírio.

_ "Arqueologia Andina" – falou Kirke. – Você fala sobre o achado, mas não toca no nome do cristal, nem se embrenha pela mística. Muito interessante!

- Cada coisa tem sua importância em seu lugar. Quando misturamos as duas, gera desconfiança, descrença!

- Concordo – disse Kirke.

- Júlio teve que retornar a Bruxelas, antecipando um pouco sua volta ao trabalho.

- Que pena, nem falei com ele direito. Achei que teríamos tempo...

- O tempo tem roubado nossas vidas!

Kirke, usando de uma expressão peculiar, consentiu que Lírio tinha razão, depois falou. – Alguém disse que pagamos tudo com nosso tempo de vida.

- Vou precisar me ausentar uns dias, Maria vai cuidar de tudo pra você aqui.

- Uns dias... quantos? – perguntou Kirke, se sentindo um tanto desconfortável com as notícias.

- Infelizmente não sei, uns dias.

- Achei que íamos conversar sobre a rocha marrom e esse seu livro aqui...

- A vida não para – falou Lírio. (Pare o mundo que eu quero descer, pensou Kirke, na música de Raul Seixas) e exige nossa participação. Podemos recusar? Não sei, mas seria ético com o Universo?

- Ético talvez não seja, mas temos o livre-arbítrio... Ou não temos?

- Eu entendo que nosso livre-arbítrio se resume em aceitar ou recusar, somente. Nossa escolha é o pacote que entregamos ao Universo. Ele vai respeitar sem nenhum julgamento humano. Porém, vamos ter que lidar com as consequências da nossa escolha. É justo, não é?

- Parece justo – falou Kirke.

- Chapas passou aqui e fez uma oração em você, enquanto estava inconsciente.

- To com saudades dele; gostei muito daquele Inca "bom de fazer negócios". Falando nisso, preciso pagá-lo para que dê logo a parte dos tocadores. – disse Kirke, sorrindo para Lírio.

- Faça isso quando estiver melhor – disse Lírio.

- Temos um tempinho?

- Sim, claro, o que é?

- Você sabe explicar o "níquel"?

- Não sei. E não achei nenhum artigo que falasse sobre o assunto do envelhecimento a não ser o estresse. Meu avô nunca me deu essa explicação, os antigos entendiam o todo, o fundamento, não se preocupavam em entender os detalhes. Sabiam que tais coisas ocorriam ou funcionavam por que Deus assim desejava, e isso era o suficiente. Gosto dessa simplicidade de viver, de apenas existir dependendo do que o Universo ou Deus ou Uno quer me dar.

- Osho diz: "Deseje e esqueça".

- Pois é isso mesmo: "Deseje e esqueça".

Kirke fez um silêncio e olhava através da janela um céu azul, anil, repousado em solitude.

- Não quer tomar um banho?

- Depois desse seu céu encantador, não penso em outra coisa nesse momento. Tem já...

- Alguns dias! – exclamou Lírio. – Está tudo lá, toalha, sabonete, shampoo.

- Você e Maria me viram...

- Nu? Sim!

- Sim? Assim, sem...

- Maria tem irmãos e é casada. Eu e Júlio crescemos...

- Eu sei, eu sei. Mas é queee...

- Se sente vulnerável agora que sabe que vimos você!

- É, é isso – falou Kirke, apertando o laço do roupão. Com licença, então.

- Até depois – disse Lírio, deixando o quarto.

- Ok!

...

Depois do banho relaxante, Kirke se vestiu e se dirigiu à biblioteca, no escritório, e, metido no meio dos clássicos russos, Kirke retirou e folheou "Cem Anos de Solidão", de Gabriel Garcia Marquez. Uma saga e tanto, lembro-me que me deliciei no Caribe lendo esse livro. Lugar errado hora certa, disse para si mesmo. E olha que eu não gosto muito de ler. Meus clientes e ganhar dinheiro me tomam o tempo todo.

Depois foi deslizando o dedo por sobre os clássicos e filósofos franceses. Esse aqui, pensou, matou o deus que não existe; mas Nietzsche sabia, o danado sabia que havia matado o deus que não existia, não o próprio Deus, isso seria impossível. Mas matou a crença num deus falso, uma imagem antropomórfica de um velho sábio sentado no céu. Foi a mitologia que Nietzsche matou, não Deus! Deus é consciência e Consciência é espaço, o qual contém inteiramente o Big Bang em seu hálito e nele está contido individualmente, sustentando e assumindo todas as formas de vida, indistintamente e simultaneamente Única. É possível!

Notou que a casa estava muito silenciosa já havia algum tempo, desde que entrou no banho e nele se demorou um poço mais que o normal. Chamou por Maria e não houve retorno. Caminhou pelos cômodos até a cozinha e não encontrou nenhuma alma vida, senão a do gato dormindo ao lado do forno a lenha. Bem, pensou, vou aproveitar o café que se encontra exposto na sala. Bom... Frutas e iogurte natural. Notou que ao sentar-se à mesa um bilhete parecia dirigido a ele. Pegou e leu: *"Bom dia, senhor Kirke, seu café frugal está na mesa. Aproveite e se alimente bem. E faça uma boa viagem. Assinado*: Maria".

"Como Maria sabia que eu devo viajar hoje mesmo, não falei a ninguém, perguntou-se Kirke. Coisas estranhas acontecem aqui em Potosí, nessa veia de dor que até hoje grita, sangra!".

Súbito, Kirke colocou a roupa na mochila e saiu deixando a casa em direção ao hotel. Voltaria depois para se despedir de Lírio e Maria. Agora precisava encontrar Chapas e dar a ele todo o dinheiro, pensou. Isso é o mais importante no momento.

...

- Senhor Kirke, que bom que voltou. Bom dia. – disse o atendente sorrindo.

- Bom dia – respondeu Kirke. – Quanto devo pelas diárias?

- Diárias... Uma diária, senhor. E já foi paga.

- Como assim paga, quem pagou?

- O senhor mesmo, ontem. Usou o cartão de crédito.

"Ontem... Não me lembro de ter deixado a casa em algum momento. – pensou Kirke. Kirke tentava a todo custo se lembrar desse ocorrido, mas nada, absolutamente nada o tirava de sua lembrança de ter permanecido no quarto praticamente o dia todo.

- O senhor está bem, senhor Kirke? – perguntou-lhe o atendente, com o semblante pronto em preocupação.

- Sim... Sim! Sabe onde posso encontrar o Chapas?

- Oh, senhor Kirke, o senhor votou a brincar. Isso significa que está bem de novo. Quer mesmo encontrar Chapas? Que coragem tem o senhor.

- Sim, preciso pagar a ele o serviço prestado.

- O senhor está falando sério mesmo?

- Por que, não pareço? – falou Kirke, com um tom de irritação, estava cheio dessa brincadeira. – Pode, por favor, me dizer onde posso encontrar meu amigo Chapas?!

- É claro, se insiste. Ele está no cemitério agora. É só virar a esquerda e novamente a esquerda. Depois segue reto até o final da rua. La estará o cemitério.

- Ele faz o que no cemitério, os turistas também pedem pra ir lá?

- Senhor Kirke, achei que estivesse brincando. Mas vejo agora que não sabe mesmo.

- O que eu não sei?

- Chapas morreu tem alguns anos. Pneumonia.

- Pare de brincar, está bem!! Estive com Chapas, ele me instalou aqui.

- Ah! Deve ter sido o irmão de Chapas, então. Às vezes ele faz esses bicos para ganhar uns trocados, para comprar chincha. Bebe o dia todo. À essa hora já deve ta deitado na praça em algum banco, dormindo de tanto beber.

"Mas o que é que está acontecendo, pensou Kirke, desesperadamente rápido. Seus pensamentos impulsionavam versões débeis em sua cabeça, girando como a um carrossel mexicano sem sair do lugar, sem chegar a lugar algum.

- Ta obrigado... Ham... depois eu verifico sobre o irmão de Chapas. Obrigado – falou Kirke novamente agradecendo e foi saindo para a rua.

- Senhor?

- Sim, o que foi. To com um pouco de pressa.

- Seu voo a La Paz sai hoje às 4hs da tarde. Se perder não haverá outro.

- Vou me lembrar, obrigado.

Kirke caminhou até a praça principal, refletindo o que estava acontecendo. Não havia espaço mais para que algo novo entrasse. Resolveu voltar à casa de Lírio e tirar isso a limpo. Ao dobrar a rua da igreja, Zul zul zul zul zul, aquele forte zumbido de novo, o sol trombou com todo seu brilho direto na retina de seu olho, estimulando Kirke a uma experiência de ótica – pensou – de que Chapas acabara de sair de dentro da parede, na base da torre da igreja, vindo na sua direção.

- Chapas – gritou Kirke. – Eu sabia que havia algum engano.

- Não, senhor Kirke, palavra é palavra. São trezentos e sessenta dólares.

- Sim... Sim... Sim... Estão aqui nesse envelope. – Falou Kirke, entregando-lhe um envelope rosa. – Peque, são seus. Você os mereceu. Aonde está indo?

- Ver a sogra de Chapas. Está muito doente.

- Ok, vá então, não quero demorá-lo mais.

- Chapas muito agradece. Kirke é bom amigo.

- Me dá um abraço – pediu Kirke.

- Como não, meu amigo...

- Embarco hoje às 4hs da tarde para La Paz. Vou procurá-lo antes se não se incomodar. Tenho um emaranhado na minha cabeça... E também pra despedir do meu amigo com mais calma.

...

Kirke chegou à casa de Lírio e havia nela, agora, uma placa de metal onde se lia: Instituto Geográfico de Potosí e Museu Nacional do Cristal. Kirke entrou, caminhou circulando bem devagar e, ao ver o Cristal no centro de uma mesa, que compunha outros minerais, pode notar o olho em destaque no seu centro.

- Deseja alguma explicação, senhor.

- Sim, muitas – disse Kirke para si mesmo.

- Estou aqui para ajudá-lo.

- Já deu para notar que sou turista.

- Sim, senhor, brasileiro.

- Uau. Sou tão transparente assim?

- É a prática, vem com o tempo.

- Há quanto tempo esse museu está aqui?

- Acho que a uns dezessete anos, aproximadamente. A casa foi doada ao patrimônio de Potosí pela senhora Lírio. Desde que se mudou para a Europa, nunca mais nos visitou. Nem seu irmão, Júlio.

- Tem outra casa, por aqui, muito parecido com essa? – perguntou Kirke, apenas para conferir se haveria uma explicação para o inexplicável.

- Não senhor. Todas são menores e simples...

- E amarelas e rosas e verdes e azuis! – exclamou Kirke, num sorriso meio forçado, ao moço que o atendia.

- Exatamente, senhor, já deu pra notar, não é?

- É, deu. Mas, obrigado, volto depois com mais calma – mentiu Kirke.

- De nada, senhor.

...

Kirke deixara a casa, ou melhor, o patrimônio do cristal, completamente sem chão. O que havia acontecido? O que isso tudo quer dizer? Um pequeno turvamento da vista, acompanhado de uma vertigem, fez com que Kirke percebesse que sua memória psicológica dava sinais de querer voltar. Isso pesou um pouco, pois havia desacostumado a carregar seu passado com ele. Mas gostou da sensação que lhe devolvia uma parte da sua humanidade.

...

Kirke tentou encontrar Chapas, para se despedir e saber como fizeram aquilo, antes que seu voo deixasse Potosí aquela tarde mesmo. Kirke andava mais do que curioso, agitado pelas ruas estreitas, praças e pontos turísticos de Potosi, confuso, sim, muito, mas receoso muito mais que estivesse enlouquecendo, do que qualquer outra coisa. Chegou ao aeroporto exatamente cinco minutos antes do voo previsto. Felizmente não houve problemas e Kirke pode embarcar. Uma pane em um dos motores estava atrasando o voo.

Depois de um atraso de meia hora, o navajo com dez lugares decolava do Capitán Rojas a La Paz, descortinando logo abaixo uma Potosí generosa, mística, religiosa, supersticiosa, assustada em seus mistérios.

Pela primeira vez na vida Kirke tivera que deixar pra lá qualquer entendimento racional do que acontecera ali, com ele, com Chapas, com Lírio, com Júlio. E lembrou-se do pároco que um dia falara ao público: "Não me deixem em má situação com o meu bispo, por favor, não me comprometam se gostam de mim. Deixemos os mistérios com Deus, Ele sabe por que os milagres existem e sabe o que fazer com eles. Lembrem-se: Deus sabe se cuidar. Amém!".

Kirke dormiu uma noite em La Paz e, na noite seguinte, seguiu para Nova York com uma história para desvendar. Encontraria Isabel, ah! sim, encontraria.

Capítulo Quinze

De volta ao Plaza da West 58 com 5ª avenida, tomou um banho quente, meteu-se no roupão do hotel e foi desarrumar as malas. Assim que destravou e abriu a mala, no centro e em primeiro plano, digamos assim, encontrou o envelope rosa com os 360 dólares que entregara para Chapas. Estava escrito: Doação para Médicos sem Fronteiras. Dessa vez Kirke não perdeu tempo nem açúcar no cérebro para se assustar com tal feito, tentando subtrair explicações da mente utilitária, e nem como Chapas havia feito aquilo de maneira tão sutil. Na dimensão de Chapas, esse dinheiro talvez não valesse coisa alguma (...) Ah! Que máximo tem sido tudo isso. "Ok, meu nobre Chapas" vou doá-los aos Medecins Sans Frontieres (Médicos Sem Fronteiras).

Kirke esquecera que acabara de sair do banho e foi ao banho. Tão logo vestiu seu roupão, pela segunda vez, observou que não se lembrava mais de como havia chegado ali, pois sua memória apontava para o dia 31 de dezembro de 2013, mas curiosamente sabia que estavam já em algum mês de 2014. Não havia memória de que havia perdido a memória. Começou a entrar em desespero, seu coração entrou em taquicardia, sua mente girava e batia de frente contra o muro da escuridão, do vazio... Tudo o que ocorrera, toda sua história de vida, sua crônica diária, a qual havia desaparecido voltara subitamente, mas perdera tudo que ocorreu a partir do momento em que acordara no dia 1º de janeiro de 2014. Não havia registro nem que falara com sua mãe. Só havia um espaço horrível, sufocante, surdo...

Kirke estava à beira de um ataque de pânico, desesperado, quando o Cristal da rocha marrom, com sua luz penetrante, parecia surgir descendo do interior do teto, permitindo a Kirke "revisse" tudo que ocorrera a partir do exato momento em que despertou sem memória no dia 1º de janeiro de 2014.

Pôde rever toda a conversa com sua mãe...

Pôde rever o que ocorrera no hotel...

Pôde rever sua ida e vinda da livraria Barnes & Noble, sua neve, as cores do semáforo...

Reviu toda a conversa que tivera com o indiano que dirigia o taxi para o JFK naquela noite...

Reviu sua chegada a Paris e Tony Eloi, cópia fiel de Wood Allen, com sua plaquinha ao peito...

Reviu toda a reunião...

Viu-se no Louvre...

Viu-se na Índia, no Himalaia, no Sri Lanka, seu sonho com o terremoto...

Pôde rever sua conversa com Isabel no aeroporto JFK, em Nova York...

Pôde rever sua baldeação em La Paz...

Reviu sua chegada em Potosí...

Reviu sua conversa com Chapas...

Viu-se entrando no La Casona e se registrando...

Viu-se em seu passeio turístico por Potosí...

Pode rever sua conversa com a senhorinha no banco da igreja...

Reviu sua conversa com chapas, enquanto caminhavam na direção da igreja do Cristo que o cabelo cresce...

Viu-se na reunião na casa de Lírio...

Depois vieram as minas de Cerro Rico, os mineiros, o deus ou diabo "El Tio", toda a oferenda, a descida pelo atalho até a estrada no altiplano... As conversas sequenciais, o primeiro dia de caminhada, o fluxo inexistente na estrada, as danças heréticas de Lírio, o acampamento... As conversas e o "nascer do Sol" a leste; a primeira ingerida da *quietagoela* pela manha, o segundo dia de caminha; novamente mais conversas, o dedilhar de Júlio em seu violão, a chegada do condor, do local e do sonoite... Em seguida, a entrada deles no interior da rocha marrom, seu altar e o Cristal encaixando-se perfeitamente...

Reviu tudo o que foi revelado até seu desmaio...

Viu-se acordando no quarto de hóspedes na casa de Lírio...

Pôde rever sua conversa com as duas mulheres...

Viu-se deixando a casa e se dirigindo ao La Casona...

Reviu toda a confusão a respeito de Chapas...

Pôde rever seu encontro e conversa com Chapas na frente da igreja, em que Chapas parecia sair da parede...

Reviu a placa e sua conversa com o atendente no IGP, Instituto Geográfico de Potosí e Museu do Cristal...

Viu-se em sua procura por Chapas por toda Potosí, pouco tempo antes de seu voo...

Viu-se dentro de uma aeronave, um Navajo de oito lugares, alçando voo para La Paz, surgindo embaixo uma Potosí perfeitamente ordenada do alto...

Pôde rever também seu pernoite em La Paz e seu voo na noite seguinte, decolando para Nova York...

Viu-se com as malas no aeroporto JFK e viu-se saindo de um carro e se registrando no Plaza da West 58 com a 5ª Avenida.

Tudo ficou calmo então... Kirke meio que acordava na cama e, aos poucos, ia percebendo onde estava, entendeu então, ajudado pela memória usual, que estava de volta ao mundo real, com todos os seus miolos e sinapses funcionando outra vez.

Era a hora certa de procurar Isabel.

...

- Kirke acordou na manha seguinte com o fuso horário ajustado a sua dinâmica. Agora sabia, tinha amigos em Nova York. Ligou para todos que pôde e nada de nenhuma pista de Isabel.

- Alou, atendeu Kirke.

- *É Pablo, Sr. Sem-medo!*

- Pablo! – exclamou Kirke – Que bom falar contigo. Em que posso ajudá-lo?

- *Ah! Ah! Dessa vez eu é que vou ajudá-lo, Sr. Sem-medo, e vai gostar, anote aí. E rápido que eu ainda não gozei. A Ângela foi pegar uma cerva bem geladinha.*

- Fala – falou Kirke, sem saber do que se tratava.

- *9.9999.6666, São Paulo. E não demore muito comigo que estou já numa segunda tentativa.*

- Ok! Vou ser rápido. O que esse número significa?

- *Todo mundo ficou sabendo e resolveu te dar uma força. E se quiser vê-la pessoalmente, Consulado Geral da Espanha em São Paulo, Rua Canadá, 424, Jardim América.*

- Eu sei onde fica, mas do que vocês estão falando?

- *Ué, Sr. Sem-medo, não ligou pra todo mundo aí em Nova York, se alguém conhecia uma tal de Isabel da chancelaria?*

- Minha amiga, fique bem claro.

- Ninguém disse outra coisa. Tchau, Sr. Com-medo de se apaixonar. Desestressa, cara! – falou e desligou.

Kirke achou muita graça, como um especialista em economia latina, disse para si mesmo, caindo na risada, pôde falhar na primeira? E nem tem vergonha de contar, o filho da mãe. Ahhh! Esqueci de perguntar o que Isabel está fazendo no Consulado da Espanha, em São Paulo.

"Vou ligar e ela não vai atender, aí deixo o recado: *Isabel, é Kirke. Se você existe de verdade, ligue pra mim nesse número. Já voltei de Potosí. Estou em Nova York. Grande abraço*".

"O que fazer agora? Ah! Caminhar".

E lembrou! Minha mala com roupas de caminhar ficou no armário do hotel e pago pelo aluguel.

- Alou – falou Kirke – Aqui é Kirke Amorim. Deixei minha mala com roupas em um de seus armários. Pode ver isso pra mim, por favor, e mandar alguém trazer aqui... Sim, é no nono, exato... Aguardo, sim.

...

Não fazia frio demais e Kirke de posse de seu Diário de Caminha resolveu realizar o trajeto de uma sequência da qual gostava.

Vamos lá – disse para si mesmo, esfregando as mãos.

Iniciou... Na 5ª Avenida, usando de ziguezagues, sempre, Kirke caminhou percorrendo duas quadras até a Rua 56, depois seguiu para Leste até a Avenida Madison, caminhou mais duas quadras até a Rua 54, seguiu até Park

Avenue, caminhou até a Rua 52, seguiu até a Avenida Lexington, caminhou até a Rua 47 e seguiu até a 5ª Avenida novamente. E continuou na Rua 47, até Times Square. Fez de volta o caminho até o Plaza na 5ª Avenida.

Não dando por satisfeito, porém já sentindo o frio parecendo aumentar, optou por um traçado mais curto. Caminhou pela Rua 58 West até a 7ª Avenida, dobrou na Rua 52 até a Avenida das Américas, e seguiu até a Rua 47 com a 5ª Avenida.

Respirou, respirou, sentiu o cansaço, o frio invadindo seu moletom e retornou ao Plaza, na Rua 58 com 5ª.

Sentou-se à copa e pediu um chocolate quente com canela, menta e chantilly. Tomou.

Assinou a nota e subiu direto ao quarto. Um banho quente agora é tudo que eu quero.

Debaixo da ducha quente, com as memórias alinhadas, Kirke começou a sentir o escorregar da água quente pelo seu corpo. Não deixou escapar o cheiro do sabonete tampouco o do Shampoo. Estava de volta e não era mais o Kirke de antes. Ele sabia que teria que fazer algo, não suportaria mais aquela jaula em Wall Street, nem mesmo as de São Paulo. O que fazer, ainda não sabia, mas sabia que faria alguma coisa. Ah, sim, isso ele sabia!

Toca o telefone e Kirke, ainda no banho, se desloca rápido na direção do quarto, pois intuía pudesse ser Isabel.

- Alou – falou Kirke, mantendo o controle.

- *Alou? Senhor Kirke* – respondeu a voz.

Kirke imediatamente soube que não era a voz de Isabel, mas o que seria então, pensou.

- Sim, é ele.

- *Sou Maya, do Consulado Espanhol. Tenho um recado para o senhor.*

- Sim, pode dizer.

- *Isabel está na Grécia, nesse momento. Ela vai ligar para o senhor nesse número tão logo possa. Tem algum outro número ou esse está bem?*

- Não, esse está bem. Deixei meu e-mail gravado.

- *Sim, ela ouviu.*

- Tem ideia do tempo?

- *Ela não disse, mas pelos jornais que estão circulando hoje, talvez demore alguns dias. Ela precisa falar com o senhor, mas com muita calma, insistiu para que eu dissesse. Vou desligar, senhor Kirke, alguma dúvida?*

- Não, Maya, e obrigado por sua gentileza.

- *Não seja por isso, bom dia.*

- Boa tarde.

Kirke não havia lido ainda os jornais do dia. Desceu rápido, tomou de dois deles e se dirigiu ao café, preferindo um canto mais isolado.

O Plaza da 5ª Avenida estava lotado. Turistas do mundo todo estavam por ali. Pediu um café longo, sem a-çúcar, e olhou as primeiras páginas: "GRÉCIA PEDE MAIS TEMPO AO FMI – Fundo Monetário Internacional." – "GRÉCIA ENTUPIDA NÃO SABE O QUE FAZER COM REFUGIADOS." – *"Espanha e Itália falam em transferir seus depósitos da Grécia para lugares mais seguros...*

Grécia, falida em uma dívida que ultrapassa 185% de seu PIB hoje, pede ajuda à União Europeia...

240 bilhões de euros foram oferecidos à Grécia...

Antonis Samaras, primeiro-ministro grego, advertiu: "O padrão de vida grego deverá cair em 80%...

Grécia terá dívida de 320 bilhões de euros ou R$ 1 trilhão de reais...

Kirke bebeu seu café e subiu para o quarto. Ligou a TV e escolheu uma das tantas News. Nisso, Isabel surge na News (com suas pastas sobre o cólon) ao lado do Cônsul espanhol na Grécia e do primeiro ministro grego Antonis Samaras, em uma entrevista bombástica. Isabel parecia en-velhecida, um ar de cansaço, esgotamento. Kirke sabia bem como era trabalhar sobre intensa pressão. Dormem-se pouco, às vezes nada, de repente tudo na sua cabeça se embaralha e você perde a noção do tempo. O tempo, como noção, é substituído por uma ansiedade tamanha, o medo apodera-se de tal maneira e você se percebe então assistindo ao seu próprio quase enlouquecer. Trabalhar sobre pressão, definitivamente, não é para qualquer um.

"Bom, disse Kirke para si mesmo, acho que não vai se dar tão cedo meu encontro com Isabel. Preciso voltar a São Paulo e fazer o que tem de ser feito.

...

Eram 11hs da noite de quinta e o avião em que Kirke retornou a São Paulo pousava no aeroporto de Cumbica, em Guarulhos, na grande São Paulo.

Kirke não foi ao escritório na sexta, falou com Tony Eloi pelo telefone e deu-lhe a notícia de sua determinação, iria vender sua parte, na corretora, a um grupo de três jovens i0nvestidores com excelente capital para a aquisição.

Na poltrona do Sr. Sem-medo, sentariam agora três jovens Sem-medo. Ou seriam sem-medo ou não dariam certos.

Para esses jovens, e suas abonadas famílias, tradicionais em seus Estados, sentar na poltrona que durante anos fora do Sr. Sem-medo, a lenda viva, o status seria como se formar, fazer pós-graduação, mestrado e dourado em economia em Harvard, Cambridge, Massachusetts, EUA.

Como isso foi decidido tão rápido? Era interesse dessas famílias se associarem a Kirke, na corretora e no mercado de ações, havia bom tempo, e Kirke não perderia essa chance! De Nova York, ligou para os "nobres" e, por telefone mesmo, fecharam a compra. O valor seria decidido depois, com detalhes, em São Paulo.

Kirke passou sexta, sábado e domingo, em sua mansão no Alphaville, sem receber ninguém – nem mesmo seus familiares sabiam de seu retorno. Deixaria isso para a segunda-feira. Havia reservado o fim de semana às anotações de seu "livro" e ao possível contato de Isabel.

- Não houve tal contato durante todo o final de semana. Porém, na madrugada de domingo para segunda, Isabel ligou e conversaram até o dia raiar aqui no Brasil. Kirke estava eufórico, alegre, talvez apaixonado. Não! – pensou. – Estou apaixonado por mim, nunca me senti tão alegre em São Paulo. Isabel viria a São Paulo em quinze dias tratar de "assuntos das pastas". Kirke rio ao se lembrar de seu comentário, feito a Isabel, no aeroporto de Nova York, onde conversaram pessoalmente pela primeira e única vez, até então.

Kirke fez o café (pois Irene só chegaria às 8hs e ainda eram 6hs50 da manhã). Entrou no banho e dispersou sua ansiedade em água quente pela vinda de Isabel. Mas, antes combinaram uma conversa por vídeo, para que ela lhe adiantasse alguma observação.

Kirke chegou à corretora na Avenida Paulista e a primeira coisa que fez foi pedir a Marisa, sua secretária, que contratasse para hoje mesmo, agora, uma digitadora com muita experiência. (Nesse caso, para Kirke, muita experiência significava velocidade). Antes do final da tarde, o manuscrito digitado já descansava em seu envelope, dentro do SEDEX_EXTERIOR sobre a mesa de Kirke.

Na manhã seguinte, Kirke pediu pessoalmente a Marisa, sua secretária particular, um favor especial, que fosse ela mesma ao correio e despachasse aquele envelope. Marisa gostou tanto da confiança quando da saidinha para um vestidinho que namorava em uma vitrine pelas imediações da Avenida Paulista.

A hora da reunião com os "nobres" chegara e Kirke já tinha consigo, em uma planilha, tudo calculado em seus valores. Ou pagavam ou não levavam (havia uma margem muito estreita de negociação).

Kirke entrou na sala de Tony Eloi e viu a cópia de Wood Allen deitado sobre o tampo de vidro, como se estive em uma praia deserta, particular, e repetia sem parar o mantra Om, Om, Om...

Kirke viu aquilo e saiu fechando a porta bem devagar.

Não demorou muito e Kirke antecipa a Tony Eloi pelo telefone que a venda fora realizada com sucesso. Tony Eloi recebe a noticia abatido, como vinha já desde que soubera da decisão de Kirke em vender sua parte na corretora.

O novo escritório de Kirke ficava agora na região dos jardins, sentido emergente para os novos ricos. Era um imóvel de família desalugado e em desuso fazia alguns anos. Kirke contratara um casal de arquitetos e uma engenheira, super competente, amiga da família. Em dois meses tudo foi restaurado e seu paisagismo reformulado.

Durantes muitos anos, a propriedade serviu de ateliê de alta costura para noivas e madrinhas. Com a morte de seu principal criador, os sócios não tiveram outra opção senão fechar e mudar-se para outro lugar mais afastado da região dos jardins.

Bem ali perto, funcionava o Consulado Geral da Espanha no Brasil, e outros consulados mais, todos estabelecidos nas antigas casas da aristocracia pós-café.

Três meses se passaram e nenhuma notícia de Isabel. Kirke desesperançou-se, não acreditava mais que Isabel tivesse dado atenção ao "livro" de anotações.

O sinal de e-mail, chegando à caixa de entrada, renovou a esperança de Kirke, pelo menos um pouco.

Clicou e era o de Isabel. Abriu e, tomado por uma ansiedade alegre, leu várias vezes o seu relato, que dizia:

"Uma parte da Parte Final, entre no chat agora!"

No chat.

Nota. Você sempre está operando nas duas dimensões ao mesmo tempo, a (y/Y) e (y/B), mas, só consegue registrar suas experiências nessas dimensões uma de cada vez, isto é, você realiza suas funções simultaneamente, mas a que fica registrada para "acessando agora", simultaneamente, é a dimensão na qual você está atuando consciente: se y/Y paralela ou y/B paralela.

1º. No aeroporto, percebi sua energia diferente dos demais – falou Isabel. – Não me senti segura!

2º. No café do saguão, sua energia passou a ser familiar pela primeira vez, observado por mim, e só mudou quando eu me afastei.

Obs. Esse encontro ficou registrado na memória psicológica, não foi descartado pelo sistema, e sabemos a razão, certo? Nós estávamos consciente na dimensão y/Y.

- Certo, continue a digitar.

Adendo. Deve ter notado alterações claras no seu campo vibraemocional, em Potosí, todas as vezes em que transitava na dimensão y/B, simplesmente porque estava transitando ou por dentro, ou por trás ou por fora da dimensão paralela y/Y, a qual seu corpo físico reconhece pois pertence.

Nota. Transitar por dentro é desaconselhado, porque se corre o risco de perder a consciência da sua dimensão original.

Transitar por trás é o mais indicado, você permanece o tempo todo no controle.

Transitar por fora se ganha em velocidade, porém nem todo material de registro permanece acessado.

"Então, quando entrou no saguão...

- Não, espera aí... Explica melhor isso! Simplifica pra mim esse "por fora", não entendi muito bem.

Ok, está bem! O que se quer dizer com velocidade é em relação ao tempo. Maior velocidade, menos tempo, porque ele fica comprimido, como gás dentro de um balão de festa. Menor velocidade, mais e maior tempo, melhora o espaço do registro, mais ou menos a memória RAM do seu computador, e tudo funcionando sobre a base do DOS ou matriz.

- Uau! adorei a metáfora do DOS – digitou Kirke. – DOS é minha língua. Obrigado, "professora".

Agora, o material de registro que não se consegue acessar no transitar "por fora", é igualmente falando o dos Registros Akáshicos, ou seja, você tem um palheiro de um milhão de metros quarados e uma agulha dentro dele para achar. Ok, deu?

- Simbora, querida!

3º. Quando entrou no saguão, no aeroporto de Potosí, entrou na dimensão y/B paralela de Chapas e saiu logo antes de entrar no hotel". Ver pag. 90, 3º parágrafo: Zium... até pag. 91, último diálogo: ...e eles tocam.

Obs. (Kirke), Depois eu verifico os números das páginas com os parágrafos e diálogos. Tenho uma cópia aqui comigo.

4º. Você consegue se lembrar de como você e Chapas se deslocaram até o La Casona? Não, não é? Repito: Antes de entrar no hotel, voltou para a dimensão y/Y paralela sua e permaneceu nessa dimensão y/Y paralela até encontrar Chapas novamente, depois de seu sumiço. Ver pag. 95, último diálogo... "Aonde vamos? Zium... até pag. 98... veneração ao "Tio".

4ºb. Pag. 99, 1º diálogo, até pag. 114, último diálogo de Lírio... "eu e o Pai somos um".

4ºc. Pag. 115, 1º parágrafo, até pag. 117... "para fugir do vento noturno".

4ºd. Pag. 121, 1º parágrafo, até 143, último parágrafo... "isso é o mais importante no momento".

5º. Pag. 145, final do último parágrafo... "o sol trombou com todo seu brilho"... até pag. 146, último diálogo... "Embarco hoje às 4hs da tarde para La Paz..." e sai da y/B paralela e retorna de vez à dimensão y/Y ao se aproximar e entrar no IGP e Museu do Cristal.

5ºb. Você encontrou Chapas na frente do hotel, entrou outra vez na dimensão y/B paralela e seguiram até vários pontos turísticos, não foi?

- Sim, concordou Kirke.

6º. E, em seguida, seguiram direto para a casa de Lírio e Júlio, correto?

Kirke meneou a cabeça com um sinal de "sim" e digitou "Sim".

- Sim.

7º. Seguindo, foram levados até o laboratório de Lírio onde ela já os aguardava.

- Certo! – confirmou Kirke.

8º. Pode se lembrar como deixou a casa depois da reunião e foi para o La Casona? Não, não pode, não é?"

- Não, não posso.

"Daqui para frente, pode relatar o primeiro momento do qual você se lembra?"

- Deixei o La Casona próximo das 5hs de uma manhã e segui direto para a casa de Lírio, de onde saímos para as minas de Cerro Rico – digitou Kirke, sem titubear.

"E daí para frente você se lembra de tudo até desmaiar no altiplano, no altar do cristal, isso está correto?

- Sim – disse Kirke. Mas tem uma coisa. Aquilo que lhe falei que aconteceu no Plaza assim cheguei da Bolívia, a perda da memória recente de tudo que eu havia vivido a partir do primeiro instante em que acordei no dia primeiro de janeiro de 2014, eu a tenho holograficamente, apenas, ou seja, como tenho a memória de um filme que assisti projetado na tela. Só que nesse meu caso, eu me assistia a mim mesmo me assistindo minha história. Isso é bem confuso!

- Entendi, é normal. Qual a próxima lembrança?

- Quando acordei alguns dias depois no quarto de hóspede na casa de Lírio.

- Até que ponto tem memória da casa de Lírio como era antes?

- Segundos antes de sair, eu acho – respondeu Kirke.

"Enquanto esteve hóspede na casa, até seu último milésimo de segundo, vamos colocar assim, permanecia na dimensão y/B paralela, ok?

- Ok!

"Imediatamente ao pisar a rua, a casa já havia sido doada ao patrimônio de Potosí dezessete anos antes. De volta a esta dimensão y/Y paralela, você retornou ao La Casona e não mais saiu dela, até encontrar Chapas, correto?

- Correto.

"Ao encontrar com Chapas perto da igreja e dar a ele o envelope rosa, Chapas havia deixado a dimensão y/B paralela e entrado na sua dimensão y/Y paralela, para depois deixá-la de vez.

- Por que tudo isso?

- Talvez porque a Terra orbita em torno do Sol e a Lua em torno da terra. Quem pode saber por que senão a

Inteligência maior, de o porquê do por que de tudo, isto é, por que tem de haver primeiro o desenrolar da Consciência para que tudo exista simultaneamente e seja visto pela própria Consciência como a realidade que conhecemos?

(Kirke não tinha a resposta, não fazia à menor ideia).

Fez-se ali um silêncio absurdo, parecia ter chegado o fim do mundo e Kirke não sabia debaixo de qual cama se esconder.

- Oi, ainda está aí – digitou Isabel.

- Sim, aqui!

- O que foi?

- Não sei.

- O que você não sabe?

- Precisamos conversar isso pessoalmente!

- Quinze dias, eu prometo, vou estar aí. Preciso ir. Grande beijo.

- Beijo – respondeu Kirke. "Quinze dias, tudo isso? Vou ter que esperar tudo isso?! É demais pra minha urgência ansiosa. Quinze dias! Porra! – exclamou para si mesmo". Pegou a cópia digitada e começou a conferir em seus detalhes números de páginas, páginas, parágrafos e diálogos assinalados por Isabel. Com essa comparação em mãos, Kirke começou a perceber, ou melhor, a ficar mais claro, evidente, o momento exato em que entrava e saía dessas paralelas, e, através das sensações que reviveu, durante a

Graça concedida a ele pelo Cristal, pôde tocar esses registros sensoriais novamente.

...

Três meses depois e nada de Isabel aparecer. Enquanto o mundo resolvia a crise na Grécia, prendendo por lá Isabel, Kirke andava ocupado demais com seus clientes, e novos jovens estagiários do Mackenzie eram contratados, quase todas as semanas, para movimentar a manivela do forno do moinho, acelerando seu desempenho.

Quando Kirke acertou o aluguel da Casa Mansão com a família, ficou estabelecido o preço de mercado descontando a reforma exigida. Seu irmão Nelson e sua irmã Virgínia, passariam a receber duas partes do aluguel, vinte mil reais por mês cada um. Não era questão de sobrevivência, mas um algo muito a acrescentar, usado praticamente em viagens.

Era hora do almoço e o escritório da Casa Mansão se encontrava praticamente vazio. Os dois seguranças, a moça atendente, Marisa, a secretária de Kirke, e o próprio Kirke.

Olhando pela janela o novo jardim da Casa Mansão, Kirke saboreava recostado em sua poltrona recordações (...)

Nisso, entra na sala Marisa lhe dizendo que duas belas mulheres o aguardam na sala dela. Seus nomes: Isabel e Lírio.

Kirke dá um salto da poltrona:

- Aqui?!

- Sim, aqui.

- Mande-as entrar. Traga champanhe e...

- Caviar?

- Não!

- Biscoitinhos, então, pra não ficar tão formal?

- Isso, biscoitinhos.

Enquanto Marisa encaminha as duas pessoalmente à sala de Kirke, Kirke se dá um trato ajeitando os cabelos e desamassando um pouco a roupa. A porta se abre e entram Isabel e Lírio... Em seguida, a copeira com os pedidos dispõe a bandeja no tampo, na lateral, e deixa a sala. Marisa fecha a porta atrás de si, diligente como sempre.

Estamos impressionadas com essa mansão - falou I-sabel.

- Herança de família... Tenho mais dois irmãos.

- Mesmo assim – comentou Lírio.

Lírio tinha sua aparência dezessete anos mais madura, quarenta, quarenta e três anos, enquanto Isabel surgia na sua imagem conhecida. Porque as situações, nas quais Kirke em Potosí atuava com Chapas, Maria, Lírio, Júlio, Lipas, as crianças, as lhamas e os mineiros, ocorreram na dimensão y/B paralela, a qual todos, com exceção de Kirke, pertenciam de fato a essa realidade. Quando houve aquele encontro de Isabel com Kirke no aeroporto em Nova York, exatamente naquele momento de tempo, Lírio já se encontrava mais madura, com seus quarenta e três anos, aproximadamente, porque dezessete anos haviam se passado. Ou seja, poucos meses atrás, operando em Potosí na dimensão y/B, Lírio não teria muito mais do que vinte e sete anos.

- Eu não sei quem eu abraço primeiro... Se a loira se a morena? – perguntou Kirke extasiado de alegria.

- Abrace a nós duas, pronto – falou Isabel, abrindo os braços junto com Lírio.

- Então venham cá, minhas adoradas... Que coisa boa, tanto tempo. A Grécia, hem, Isabel?

- Nem me fale, Kirke, você viu, meu rosto parecia um mata borrão nas entrevistas.

- Sei como é isso, pressão, dorme-se muito pouco... às vezes nada... E você, Lírio, me conta, ainda vive em Bruxelas, na Bélgica?

- Não, tem muito tempo já que fui trabalhar na Suíça, em Genebra... Tenho uma equipe que desenvolve projetos para Médicos Sem Fronteiras. Depois segue para a equipe que faz a capitação de recursos, para finalmente chegar ao front.

- Capitação de recursos, essa parte eu entendo bem.

- As doações são sempre muito bem-vindas, as crianças sem pátria, sem pais e sem paz, agradecem.

Nossa!!! – exclamou Kirke, com a mão tampando a boca. – Esqueci o envelope de Chapas na mala de viagens, esqueci! Vejo isso depois, com certeza...

Não seria esse? Com esse escrito "Doação para Médicos Sem Fronteiras?" – falou Lírio, tirando da bolsa e entregando a Kirke.

- Não olha pra mim, não tenho nada haver com isso – falou Isabel, olhando para Kirke.

- Mas como... Mas como... Desisto, sem perguntas! Vai ser depositado hoje mesmo. Eu garanto! – e fixou seu olhar na direção dos olhos de Lírio e disse: – Sei que tem algo a me dizer, pois diga, essa é à hora, aqui entre amigos e eternos.

- Irmãos eternos também – falou Lírio. – O que eu teria para lhe dizer que já não tivesse desconfiado? Pascal: "Não terias me procurado se já não tivesses me achado".

- Não sei, não sei mesmo – respondeu Kirke, pela primeira vez com um ar fugidio.

- Então vou ser direta ao Sr. Sem-medo – falou Lírio.

- "Ex" Sr. Sem-medo. Nunca amais! – exclamou.

- E não desconfia do porquê dessa desistência tão repentina? – perguntou Isabel.

- Acho que não ousaria dizer para que não se confirmasse por vocês duas. Mas devem dizer!

- Você desmaiou ao olhar a figura do Capitão Juan de Villarroel, todos lá viram, inclusive você – falou Lírio.

- Hum! Certo.

- Por que acha que desmaiou, Kirke, o que aconteceu lá com você? – perguntou Isabel, olhando-o no olho.

Kirke começou a soluçar e desabou a chorar. Um choro contido no fundo da alma, espremido em seu timo, no centro do peito. Não! Era estranho o que estava ocorrendo, imponderado até para o mais emotivo dos homens, Kirke Amorim, o Sr. Sem-medo, protótipo a ser copiado pelos estudantes de economia, chorando como uma criança? Não, não podia ser verdade. Talvez um truque qualquer só para impressionar Isabel e Lírio, não mais que isso – não mais que isso –, somente um truque barato mesmo, não mais que isso... Ou não?!

Capítulo Dezesseis

Minutos antes que Isabel e Lírio fossem anunciadas por Marisa... Olhando pela janela o novo jardim da Casa Mansão, Kirke saboreava recostado em sua poltrona recordações (...). Nada mais doído do que recordações mal realizadas. Fica aquela lasca de que não fez direito, como devia e podia ser feito, perdera a chance de fazer valer sua presença, esquecendo-se um pouco de você e dos seus desejos e neuroses para se dar ao outro na resolução de suas crises existenciais, por exemplo. No final da vida, melhor do que muito dinheiro e bens seria você dizer seu melhor momento, "Meu melhor momento foi meu relacionamento com pessoas que vivi e encontrei todos os dias", por exemplo.

Kirke realmente nunca havia parado para enxergar Tony Eloi. Como Tony Eloi era de fato. O que ele pensava. Como ele vivia depois da separação de sua esposa e filhos? O que fazia nos finais de semana? Para onde viajava? Com quem? Qual era seu autor preferido? (Tony gostava muito de ler). Talvez não viajasse nos finais de semana, quem sabe preferisse ficar reservado, descansando ao lado de seus livros. (Sabia que Tony Eloi detestava voltar depois metido em um trânsito lento, infernal. Isso Kirke sabia). Trabalharam juntos vinte e três anos, eram amigos desde a faculdade, e Kirke ainda não conhecia quem era Tony Eloi de fato, no reservado de suas quatro paredes, fosse onde quer que fosse. Qual seria sua verdadeira personalidade, o tímido Wood Allen, com os amigos e clientes, ou o extrovertido Wood Allen com seu clarinete em algum clube de jazz? O tímido Wood Allen, Kirke conhecia e muito bem...

...

Dias antes da morte estúpida de Tony Eloi na mesa de operação, Kirke telefonou para o amigo e marcaram um almoço no Baby Beef Rubaiyat da Avenida Faria Lima, Itaim Bibi.

- Veja só isso, dê uma olhada – falou Tony Eloi, entregando a Kirke um envelope de exames.

- Isso aqui é o que eu to pensando? – perguntou Kirke. Não havia em Kirke nenhum sinal de apreensão, afinal coisas ruins só acontecem aos outros, não a nós, nem aos nossos nem aos melhores amigos.

- E pior... No meu caso, posso ficar na mesa de operação – falou Tony Eloi.

- Então não faça esse procedimento!

- Não posso. Se não fizer, posso morrer a qualquer hora, agora durante esse almoço, quem sabe!

- Sei... – falou Kirke. – Eu não faria, hoje optaria por morrer fazendo o que eu gosto: existindo, somente!

Tony Eloi olhou de novo seus exames com calma, depois disse:

- Eu nunca te contei que entrei nesse ramo de mercado por sua causa. Eu não sabia o que queria, não queria ser nada especial. Eu... Eu só queria um bom salário para a chegada do Flavinho. Ilka já nos dava muita despesa e uma nova criança o peso do orçamento seria maior. Eu só tinha vinte e seis anos e Alice acabara de se formar em pedagogia. Dois duros e já comprometidos!

- Por que nunca me contou isso?

- Achei que não era importante. E não era mesmo, isso só iria baixar sua bola.

- Ia não! Sabe como eu era!

- É verdade! Você já era o Sr. Sem-mede desde antes da faculdade, esse título de "O Sr. Sem Medo" só veio a confirmar! Antes dessa sua mudança repentina você não era fácil, parecia um Dom Quixote lutando contra moinhos, e o Sancho Pança aqui, só aliviando.

- Verdade!

- Você era duro e cruel. Cortava algumas cabeças sem o menor drama de consciência.

- Um verdadeiro carrasco – falou Kirke sorrindo.

- Eu diria um verdadeiro Illuminati. Certamente! – exclamou Tony Eloi. – Se esses caras existem, você era um deles, sem dúvida! O que aconteceu?

Kirke, para fugir do assunto "Illuminati", responde a Tony Eloi o que ele havia falado sobre "Lutar contra moinhos enquanto ele segurava os rojões aliviando a situação.

- Verdade, você cuidou de mim nos anos da minha inexperiência como um bom e fiel amigo. Um verdadeiro Sancho Pança – Kirke fala soltando uma risada.

- Eu precisava defender meu salário... Foi só por isso! – aderiu Tony Eloi à risada de Kirke. – Acredita que eles existam. Assisti um documentário sobre "esses" caras ontem, realizado pela BBC

- BBC? – perguntou Kirke. Nossa! – e não ligou o assunto, preferiu ficar em silêncio...

Novamente veio à lembrança os procedimentos que Tony Eloi deveria receber em breve. Não seria fácil e eles sabiam.

- Mas me fale – disse Tony Eloi, chegando um pouco mais à frente de Kirke –, o que aconteceu para essa mudança súbita? Não estou aqui pela corretora, estou aqui para saber de coisas que realmente valem a pena viver.

- Como vão indo Flavinho e Ilka com os "nobres" lá na corretora?

- Eles se dão muito bem, falam a mesma língua. Já tomaram conta de tudo. Posso até morrer sem ter que me preocupar. Bons garotos. Mas me conta sobre sua mudança repentina. Não mude de assunto.

- Tudo começou com a perda da memória, isso você já sabe. Na França tudo estava mudado, estranho, inclusive você, parecia o Wood Allen me esperando. Nunca me senti tão péssimo em minha vida como naquela reunião. Eu não conhecia mais aquele mundo, aquele tipo de proceder das pessoas. Foi horrível, horrível! Aguentei firme para ter certeza de aquilo ali não fazia mais parte do meu mundo. Não sabia o que ia fazer, porém, aquele modo de ganhar dinheiro, não mais. Isso eu sabia!

- Sei. O que ocorreu na Índia?

- Houve algumas experiências espirituais, inclusive nos Himalaias, mas nada que se compare ao vivido por mim em Potosí, na Bolívia.

- Conheço a história das minas de Cerro Rico, muito interessante e cruel ao mesmo tempo – falou Tony Eloi.

- Sei o que quer dizer...

- É difícil dizer qual dos dois foi mais cruel e desumano, se Pizarro ou Villarroel?

- Espero que tenha sido Pizarro – falou Kirke.

- Não entendi, por quê?

- Brincadeira minha.

- E o que aconteceu em Potosí de tão importante assim, para fazer você mudar tão drasticamente de vida?

- Hum...

- Você não acredita nessa onda que está na internet, de que os espanhóis eram os Illuminati em Potosí e Machu Picchu, acredita?

- E os portugueses no Brasil, os Franceses no Canadá, e de Genghis Khan, e de Alexandre O Grande, e de Napoleão... Claro que não! – respondeu Kirke sem muita convicção – Tudo isso é ridículo! Infantilidade!

- Não parece convencido – disse Tony Eloi.

- É que esse assunto me incomoda, não sei por que! – mentiu Kirke.

- Está bem – falou Tony Eloi –, falemos de outra coisa, então. O que aconteceu em Potosí?

- Está bem, não vou fugir, eu vou falar. Mas se disser uma só piadinha, paro de falar!

Kirke, então, contou-lhe tudo o que ocorrera em Potosí com sua vida. Como se sentia antes e como se sente agora. Falou das dimensões e dos detalhes, um por um. Contou-lhe sobre a *quietagoela* e as visões no interior da rocha marrom, falou sobre El Capitán Juan de Villarroel e de seu escriba particular, sem dizer que os havia reconhecido como Kirke e Tony.

- Li que esse escriba era o contador do Poder espanhol. Villarroel acabou matando o pobre coitado em uma noite de muita bebedeira. A corda sempre estoura do lado mais fraco, não é assim que dizem?

- Preciso ir! – falou Kirke se levantando súbito e já saindo. No entanto, ao se levantar, sacou da carteira quatro notas de cem reais e pediu ao Tony que completasse. – Paga tudo aí, preciso ir!

- Está bem, se é assim – falou Tony Eloi para si mesmo, sem entender a reação inesperada de Kirke. – Mas, por outro lado – pensou –, talvez queira fazer cocô. Kirke não perde essa mania de só evacuar no seu próprio banheiro.

Capítulo Dezessete

- E foi a última vez que nos falamos pessoalmente – disse Kirke sobre seu almoço com Tony Eloi.

Kirke havia parado de chorar. Apoiava-se sobre a mesa e tinha sua testa sobre as mãos. Isabel e Lírio aguardavam em silêncio até que Kirke se refizesse. Kirke limpou os olhos, olhou bem para as duas e falou:

- Eu preciso contar uma coisa. Não, duas. A primeira, eu não chorava desde que era criança. Que alívio! A segunda, é a causa do meu desmaio, eu acho, no interior da rocha marrom. Alguma coisa de mim parecia impregnar o Capitão Juan de Villarroel, assumindo aquela forma de vida. Foi horrível viver essa sensação! E não foi só isso, havia ao lado dele um escriba, era também o contador da expedição. Eu soube, simplesmente soube naquele exato momento! Estavam ali bem na minha frente dois homens muito familiares em seu magnetismo, um refletia a minha energia e, o outro, a energia de Tony Eloi. Não tenho dúvida alguma sobre isso! – exclamou Kirke sorvendo um copo com água com gás inteiro, de uma só vez.

- Nós sabíamos – disse Isabel.

- Tem uns dezessete anos, mais ou menos. Meu avô nos havia adiantado "O quarto elo será a encarnação futura de Juan de Villarroel".

- E como sabíamos que você era o quarto elo...

- Tudo se encaixou.

- Meu Deus, eu o matei. Mas quem eu matei? Tony Eloi ou o escriba?

- Calma, é assim, a bem da verdade – falou Isabel. – Não é que você é a encarnação futura de Villarroel. Isso é só um modo de apontar a individualidade da alma, a parte do núcleo consciente do espírito em sua jornada evolutiva, viajando da orla periférica para a unidade do Um. Kirke é Kirke hoje e Villarroel foi Villarroel no século dezesseis. Fim de papo! Você não matou ninguém! O que você acessou foi a Energia ou Vida Única que está por trás de toda forma de vida, animal, vegetal, mineral e humana. Não precisa acreditar, verá por você mesmo, vai ver, pois daqui para frente tudo na sua vida não será mais como antes. Já foi um passo gigantesco deixar o título de Sr. Sem-medo e montar esse escritório de consultoria...

-... e jurídico – lembrou Kirke.

- em um só lugar – completou Lírio.

- Pode ter sido um passo gigantesco para minha alma individual, mas foi tão fácil para o Kirke. Tudo que eu prezava – tudo do mundo normal – deixou de ter valor para mim, simplesmente dissolveu-se. Não sei explicar mais do que isso.

– Não precisa – disse Lírio. – Não vai conseguir mesmo que tente. Ninguém consegue. É um saber e pronto!

– Não tenho como explicar isso a ninguém normal – insistiu Kirke.

– Quem disse que precisa – falou Isabel. – Para ser Tudo, seja nada! Não seja especial, faça silêncio sobre isso.

– Esqueça o Kirke! – exclamou Lírio. – Deixa o Kirke desaparecer de vez.

Kirke sabia que Lírio e Isabel estavam falando da sua personalidade, porém não sabia direito como fazer isso, deixar ir as coisas do ego, soltar tudo.

– Não tente ser o Ser, seja! – exclamou Isabel. – Não é uma meta a conquistar no futuro, mas uma descoberta incrível que faz aqui-agora – Aqui-Agora!

Capítulo Dezoito

Vem, inspiração, vem ao meu coração, disse Kirke a si mesmo, resolvendo...

Kirke mandara logo pela manhã um ramalhete de flores para Sandra, sua ex-esposa e mãe de seus filhos, Thomazia e Pietro. Era uma sexta-feira e domingo se comemoraria o dia das mães. Kirke nunca fora ligado a essas tradições circulares, essas que se repetem todos os anos. Porém, algo andava mudando dentro dele e resolveu dessa vez aderir mais como uma gentileza educada e pedido de desculpas e reconhecimento por tudo de bom que ela, como esposa e mãe, realizara e continuou realizando com os filhos. Sandra casara-se novamente tinha dois anos numa comemoração simples, apenas para amigos íntimos e familiares, e fez questão da presença de Kirke ao lado dos filhos.

Seu novo marido e Kirke ficaram amigos, sempre que podiam jogavam tênis juntos. Humberto era médico cirurgião oncologista e, ultimamente, andava difícil sobrar um tempo para o esporte. O câncer parecia ter virado uma epidemia, falava sempre que o assunto vinha à tona.

Assim que Kirke chegou, Thomazia e Pietro já o aguardavam à mesa do café no Pity Coffee Drinks da Alameda Santos, uma paralela com a Avenida Paulista, próximo ao antigo trabalho de Kirke, a corretora, para um café da manhã cuja pauta a mudança interna de Kirke.

Enquanto Kirke narrava àquilo que parecia uma aventura deliciosa, Thomazia e Pietro vibravam com as experiências "místicas" de seu pai. Interrompiam, faziam perguntas inteligentes, plausíveis e Thomazia se mostrou muito interessada pela psicologia zen-budista. Pietro pedira a Kirke que falasse novamente sobre como era ficar sem a memória psicológica e o que era isso afinal "memória psicológica?".

Kirke então explicou, segundo sua experiência, que a memória psicológica traduzia-se na rotina diária das pessoas, sua crônica de vida, mais ou menos como o DOS para o sistema Windows. Agora Pietro se mostrava participante do assunto via sistema DOS-Windows, que sabia rodava e funcionava biologicamente como a mente da humanidade.

Agora pediam que falasse sobre a *quietagoela* e aquele Cristal que dele saiam imagens holográficas.

Kirke contou tudo com o máximo de detalhes, mas resolveu por bom senso omitir algumas partes das revelações, como por exemplo, o magnetismo da energia revelado na composição de Villarroel e seu escriba.

Despediram-se de Kirke com um abraço e um beijo no rosto e deixaram o Pity Coffee Drinks e entraram num uber, contornando a Pamplona, atravessando a Paulista, sentido Higienópolis.

Kirke aguardou um momento sozinho à mesa e refletia como era bom o seu relacionamento com seus filhos, e ficava cada vez melhor. Os filhos dão trabalho, pensou, gastos, preocupação, você sofre duas vezes quando eles sofrem, uma por eles e outra por você mesmo, e às vezes implicam divergências entre o casal. No entanto, como não tê-los?

...

Isabel e Lírio embarcaram seus destinos em um avião rumo à capital do mundo. Isabel tinha o Consulado esperando-a enquanto Lírio seguia para New Jersey sendo aguardada para uma reunião com a célula dos Medecins Sans Fronteires de Nova York.

Essas duas não tinham parada. Corriam o mundo ajudando pessoas a resolverem seus problemas, cada uma em sua profissão. Para elas, não havia tempo ruim tampouco obstáculo algum que não pudesse ser transposto. Tudo tinha uma solução, e, sempre que não, porque faltou vontade política onde havia ausência.

Kirke agradeceu aos céus por ter essas duas almas antigas como suas amigas hoje novamente. Apenas que sentia um algo a mais por Isabel, agora que sabia estar divorciada tinha quatro anos, exatamente na data em que

Kirke e Sandra haviam se divorciado também. Mesmo dia, mesmo mês, mesmo ano. As coincidências, ou melhor, as sincronicidades não paravam por aí. Eram tantas que Kirke passou a anotá-las só para ter sua precisão.

Quando jovem, ainda na época da faculdade, Kirke matriculou-se em um curso de Psicobioenergética, levado por uma amiga da família. Kirke se surpreendeu tanto que mesmo depois que a professora Ruth, assistente do general Uchoa, terminou o curso, Kirke ainda mantinha conversas com ela pelo telefone. Chegou a ficar horas ouvindo e anotando suas considerações. Durante o período do curso, Kirke pôde fazer e participar de experiências incríveis para ele na época, como a transformação do vinho por duas horas sob a pirâmide de metal armada no centro do salão, os relacionamentos psíquicos ou além-físicos que deveríamos aprender a manter com as pessoas, as empatias telepáticas de encontrar com pessoas algumas vezes no mesmo dia em lugares totalmente distantes e diferentes, a pegar o telefone para ligar e a pessoa já está no aparelho lhe dizendo "A-lou!", perceber em você a energia de um "dó" da pessoa que veio a sofrer um acidente logo em seguida ou dias depois. Tudo isso Kirke tinha anotado, não apenas amorfo em sua consciência, mas em um livro-agenda de imensa gratidão, lembrado por Kirke para ser usado.

Capítulo Dezenove

Kirke passava seus dias no escritório e à noite ficava em casa estudando as abordagens comparativas do Zen-Budismo, Budismo Mahayana, Hinduismo Advaita Vedanta. Ampliava seus estudos com frequentes meditações. Ninguém sabia e não falava a ninguém. Sempre que o assunto se mostrava complexo demais, se socorria com Isabel.

De repente, recebe um telefonema de madrugada de Mark Twain (homenagem ao escritor), locado no Consulado Americano, pedindo a Kirke que o encontrasse no Centro de Estudos Budistas Bodisatva no bairro da Liberdade, reduto oriental, em nome de Isabel da chancelaria.

Kirke aceitou o desafio, se inteirou do convite e passou a freqüentar o CEBB na Liberdade, região central de São Paulo. Ali estaria resguardado de qualquer ensinamento fora de propósito. Thomazia e Pietro gostaram tanto que passaram a frequentá-lo duas vezes por semana, e não faltavam às palestras dos Lamas, geralmente realizadas aos sábados e/ou aos domingos.

Alguns meses se passaram e nada de Isabel ligar para Kirke, pois o dela dava sempre caixa postal. Era primavera no Hemisfério Sul e outono no Hemisfério Norte. Como já sabemos, Kirke adorava o outono em Nova York. Era para lá que se dirigia nessa época reservando sempre uma folga.

Ligou para Isabel e deixou o recado na caixa postal: *Sabe que não perco o outono de Nova York. Parto do Brasil às 23hs10 deste sábado. Vou estar hospedado no Plaza da West 48 com 5ª Avenida. Aguardo você aparecer. Terei uma semana a partir de domingo.*

Assim que Kirke desligou o celular, um pensamento solitário veio-lhe à mente como quem não quer lhe vender nada, apenas mostrar o produto. E Kirke em estado de alerta observa o tipo de pensamento que sua mente estava lhe tentando vender. Era sobre o fato de Isabel estar gostando de outro homem e não dele, pois jamais Isabel havia se interessado por ele, Kirke. Sedução seria o jogo dela, para conseguir tudo que quisesse, até com as mulheres. O mundo era também e, principalmente, nesses novos tempos, das senhoras e senhoritas Sem-medo. Kirke riu e fechou a porta do quarto, como ensinaram os mestres à humanidade, incluindo Jesus.

Kirke então se lembrou do Lama que dizia para que ficasse atento qual um vigia em sua torre, se abrisse a portinhola da mente ao mundo dos pensamentos, o portão inteiro viria ao chão, significando sofrimento.

Kirke estava já bem afinado, havia treinado sua mente para perceber quando que os pensamentos agiam seguidos das emoções correspondentes. No alvo, disse Kirke para si mesmo, sempre que minha atenção se desvia do momento presente, ou para o passado ou para o futuro, ou para os ressentimentos ou para as preocupações. Pensamentos de medo que jamais se concretizarão!

Tomou um banho quente e foi dormir.

Capítulo Vinte

O voo para Nova York chegou no horário previsto. O JFK estava lotado. Alguns vôos foram cancelados para as regiões mais ao Norte, uma nevasca colocava em risco a aterrissagem nesses aeroportos.

Vem, inspiração, vem ao meu coração, pensava Kirke empurrando lentamente seu carrinho de bagagens para o saguão principal, provavelmente de olho em alguma mulher desejável, a ponto de ser reconstruída pelo material de arquivo simétrico de corpo, traço, pele, projeção, ativando miméticos em sua consciência, criando *fora* a maquete de *dentro*, só podia ser! Se Kirke mudou, outra coisa se dará.

Enquanto Kirke caminhava devagar com seu carrinho de bagagem, notou o olhar de uma mulher muito bonita olhando na sua direção. Olhava ora para ele ora para o lado esquerdo, depois olhava de novo em sua direção e olhava novamente para o outro lado. Não emitia sinais corporais algum, nada, apenas olhava fingindo que não estava olhando. Kirke então lembrara que havia deixado um recado na caixa postal de Isabel dizendo que o encontrasse no Plaza da West 58 com 5ª Avenida. Assim, resolveu então que dessa vez não deixaria passar em branco sua decisão de convidá-la para um café ali. Seguiu direto, como um míssil perseguindo o calor do seu alvo. Sem ser invasivo e deselegante usava a técnica do "Com licença, você me é familiar, como é seu nome..." ou outra fala de abordagem se fosse necessário. Assim aproximou-se sentindo o calor e o perfume do alvo em derredor, embora Kirke não soubesse uma explicação plausível por que lhe era tão difícil – quase impossível – não fazer isso.

- Aceita um café?

- Eu te conheço? – perguntou ela, já caminhando ao lado de Kirke, totalmente dona e segura de si.

- Eu te conheço? – repetiu Kirke.

- É sério, você me conhece? – insistiu.

- E você, me conhece?

- Nós nos conhecemos? – insistiu de novo o alvo.

- Conhecemos o café daqui. Não é tão bom quanto o Little Italy (Nolita), mas aceita me fazer companhia?

- Sim, está bem. – aceitou. – Acho que estou segura na multidão.

- Não teria tanta certeza, se fosse você! - exclamou.

- Verdade, me explica?

- Uma bomba, um tiroteio, sei lá! – brincou Kirke.

- Certo! Vou ficar de olho – falou.

- Está ou chegou de um voo doméstico? – perguntou Kirke sorvendo o café, sentindo sua quentura em sua boca.

- Por que pergunta?

- Simples. Não empurra carrinho nem carrega mala alguma! – exclamou Kirke.

- Hei! – gritou uma voz de homem na direção deles ondeando uma onda de energia repicando por trás. Os dois se voltaram ao mesmo tempo e Kirke foi direto:

- O que foi, seu guarda? Fizemos alguma coisa?

- Um de vocês deixou cair isso aqui...

Era o ticket do estacionamento.

- Puxa, obrigado – agradeceu a moça.

- São Argentinos?

- Brasileiros – respondeu Kirke evitando explicações.

- Não estão transportando drogas aí, ou estão?

- Como é que é?

- Como é que é, seu guarda? – repetiu a moça.

- Sossega! Só estou brincando. Não sou um guarda, esse uniforme é de inspeção da limpeza. Mas parece, não é? Gosto dele! – deu uma limpadinha no braço, desenhando uma espécie de zelo pelo uniforme.

- Sim, lembra... agora eu percebo – Kirke não desejava tirar o barato daquele senhor.

- Não liga, não, todos confundem, todos escondem alguma coisa! – exclamou, piscou e sorriu deixando o local.

...

- Poxa, que susto! – exclamou ela, seguindo o trajeto para o estacionamento.

- Posso por a mão em seu ombro?

- Você me conhece? – perguntou novamente a moça.

- E você, me conhece? – retrucou Kirke.

- Ninguém veio te esperar, não?

- Parece que não, ninguém – falou Kirke.

- Muito prazer, então, eu me chamo Bel, a linda estranha. Chame-me por Isabel. Gosta do nome?

- Prazer, Kirke, gatão ou ex-senhor Sem-medo? Gosta do gatão?

- Sério? A lenda viva?

- Pra você ver.

- Só pra mim?

- Não sei... Depende de você!

- É sempre bem saidinho assim com cada mulher que conhece?

- Só com a impossível de resistir – e lhe meteu um beijo longamente correspondido – correspondido!

- Seu Kirke malandro... – e mudou de assunto. – Dei seu manuscrito a uma editora muito amiga minha. O nome dela é Celina Wild.

- Uau. Mesmo?

- Mesmo!

- Hum! Que bom.

- Só "que bom"? Ela é muito criteriosa. Vai colocar alguém para trabalhar o livro com você. Gostou muito do conteúdo embora ache não tenha ainda a tarimba de um escritor experiente. Mas tem uma condição como um favor, já que o ex-senhor sem-medo é excepcionalmente bem sucedido.

- E qual é?

- Coberto as despesas todas, que toda a renda da venda do livro seja doada aos Medecins Sans Frontieres.

- Quem ela pensa que é? Madre Teresa de Calcutá?

- Para com isso, você pode!

- Tinha outra intenção, só isso.

- E pra quem seria?

- Aos Illuminati, pobres coitados – disse Kirke.

- Verdade, pobres coitados, vão sentir na pele, na família, em suas vidas a Justiça de Deus!

- Acredita mesmo numa justiça divina? Ou seria uma intenção humana projetando vingança? – tão logo terminou sua colocação deu-lhe uma leve tapinha imperceptível em sua bunda que ela rapidamente virou-se para trás vendo se ninguém que havia notado a olhasse agora em sua direção, achando aquilo muito vulgar.

- Foi só uma tapinha boba, ninguém notou – disse Kirke. – Também com toda essa correria, cada qual desejando chegar ao seu destino o mais rápido possível.

- Eu espero mesmo, não quero que pensem que sou *una putana* de aeroporto – disse e sorriu. Ela era uma simpatia muito espirituosa.

- Está comigo, não está? – falou Kirke.

- Sim! – concordou Isabel sorrindo.

- Então, Pinduca, sem problemas!

Nisso, Kirke atrasou o passo e continuou andando cada vez mais devagar como se tivesse pensando ou reconhecendo algo no ambiente. Isabel notou essa diferença estranha na expressão de Kirke, parecia querer entender alguma coisa da qual não estava entendendo. Kirke colocou a mão em concha no ouvido e continuou ali, focado, parecia urgente que ouvisse alguma coisa.

- Você está ouvindo... de fundo... Droga, o zunido do aeroporto não está deixando. – exclamou Kirke.

- Do que você está falando?

- Da de fundo! Eu preciso!!

- "Da de fundo", mas o que isso significa?

- Da música de fundo, presta atenção e vai ouvir!
Silêncio...

- É um coral, eu acho... – disse Isabel.

- É isso, música sacra, lembrei, foi no dia 11 de setembro quando as Torres Gêmeas do Word Trade Center estavam sendo atacadas e eu só escapei porque parei no caminho para comprar o CD... O CD...

- Estou ouvindo... estou ouvindo... Sim, eu conheço... É um coral de música sacra, eu conheço... Como é mesmo o nome do compositor... É um nome italiano, Miguelito...

- Não, Giovanni...

- É isso! Giovanni... Pierpietro, não! Pierluigi! – exclamou Isabel.

E finalmente falaram juntos: "Giovanni Pierluigi da Palestrina.

- O Mestre da... é...

- Polifonia?

- Isso, o mestre da polifonia, Giovanni Pierluigi da Palestrina, o mestre da polifonia, século 16 Roma – foi o que minha mãe me pediu que comprasse para a Tia Lenita. Não sou de ficar comprando as coisas que me pedem, não tenho saco pra isso, nunca tive, aliás! Mas, aquele dia eu resolvi ter saco e parei para comprá-lo. Aproveitei e comprei também outras coisas. Devo ter ficado lá dentro uns vinte minutos, o tempo exato em que o primeiro avião se chocou. Em seguida, peguei outro taxi e não deu dez minutos e tudo ao redor de quarteirões virou um caos esfarelado, empoeirado, assustador!

Silêncio. Kirke largou o carrinho e abraçou Isabel que o acolheu. Isabel havia perdido uma amiga naquele dia fatídico de 11 de setembro.

As pessoas passavam e olhavam sem entender o que dois adultos faziam ali abraçados impedindo a circulação do movimento que se fazia intenso.

- Você está bem? – perguntou Kirke?

- Sim, só um pouco chorosa, vai passar.

- Lembrou de sua amiga, não foi?

- Sim.

- Desculpa.

- Desculpa pelo o quê, a vida acontece sem pedir licença, é sua dinâmica agir assim.

- Eu sei.

- Ahhhhh você chorou de novo, em menos de seis meses você chorou duas vezes. É um Record para quem não chorava desde criança. Ah! não, amor, para com isso.

- Foi pra te animar, e foi só uma tapinha. Além do mais, você está comigo e ninguém tem nada com isso.

Sorriram um pouco ali e retomaram o trajeto para o estacionamento.

Infelizmente não temos um final feliz, porque a vida continua e essa história é real.

Nesse momento, um pensamento tentou invadir os miolos da casa de Kirke, mas foi logo escorraçado pela sua consciência (de Kirke), como uma flecha estirada fora da aljava com o arco sempre apontando o coração: "Aquieta-te, to de olho em você!" – dizia Kirke a si mesmo, pensando e percebendo (no agora) os próprios pensamentos.

O pensamento que Kirke escorraçou foi o de que se Isabel estaria apaixonada por ele, realmente, ou apenas desejosa de roubar-lhe a alma?

AQUIETA-TE... TO DE OLHO EM VOCÊ!

www.ingramcontent.com/pod-product-compliance
Lightning Source LLC
Chambersburg PA
CBHW032001170626
46807CB00006B/2586